Seitenweise Voraus

Autorin Brita Rose-Billert

Zur Autorin:
*Brita Rose-Billert wurde 1966 in Erfurt geboren und ist Fachschwester für Intensivmedizin und Beatmung, ein Umstand, der auch in ihren Romanen fachkundig zur Geltung kommt. Ihre knappe Freizeit verbringt sie mit ihrem Pferd beim Westernreiten durch das Kyffhäuserland in Thüringen. Sie hat durch ihre Reisen in die USA viele Freundschaften mit Native Indians in Utah, South Dakota und British Columbia geschlossen. Diese Tatsache, die Liebe zu den Pferden und ihrem Job inspirieren Sie zum Schreiben. Zwölf Romane sind bereits publiziert.
Autorenhomepage: www.brita-rose-billert.de*

Autorin
Brita Rose-Billert

Seitenweise Voraus
mit
Leseproben aller Romane

Bibliographische Information der Deutschen Nationalbibliothek: Die Deutsche National-bibliothek verzeichnet diese Publikation in der Deutschen Nationalbibliographie. Detaillierte bibliographische Daten sind im Internet über dnb.d.--nb.de abrufbar.

© 2022 Brita Rose Billert, SeitenweiseVoraus

TWENTYSIX
Eine Marke der Books on Demand GmbH

Herstellung und Verlag:
BoD – Books on Demand, Norderstedt

ISBN: 9783740787417

Lektorat: Andrea Klein / Holger Scheidemantel
Satz, Layout: Holger Scheidemantel
Coverdesign: Robert Billert

*Bücher verleihen unseren
Träumen Flügel.
Sie lassen uns zu den Sternen
fliegen, entführen uns in fremde
Welten und geben uns die Kraft
in der Realität zu bestehen.*

Brita Rose-Billert 2011

Die junge Ärztin Maggie Yellow Cloud liebt ihre Arbeit in der Notambulanz des Indian Hospital in Pine Ridge. Sie trotzt allen Schwierigkeiten, besonders der immerwährenden Streichungen der Regierung South Dakotas im Gesundheits-programm. Mit all ihrer Kraft kämpft sie für ihre Patienten, die ihr vertrauen. Als ihr auffällt, dass immer weniger Medikamente und Verbandsstoffe zur Verfügung stehen, überprüft sie die Bestelllisten mit den Lieferscheinen. Dabei stellt sie fest, dass alles korrekt ist.
Aber wo sind die dringend benötigten Dinge?
Während Maggie dem rätselhaften Verschwinden nachgeht, wird ihr Schwager ermordet, der mit ihrem Wagen auf dem Heimweg war.
Immer tiefer gerät Maggie in einen Strudel aus Verstrickungen, Misstrauen und Gefahr.

Vorspann

Die Sonne stand fast im Zenit über der Staubpiste, die so weit das Auge reichte, gerade durch das hügelige Grasland führte. Ein Windhauch streifte sanft die Gräser. Unheimliche Stille beherrschte das Land. Ein schwarzer Punkt am Horizont, da wo der Himmel die Erde berührte, kam schnell näher. Er zog eine immense Staubwolke hinter sich her. Der Punkt nahm die Gestalt eines Wagens an, der mit Höchstgeschwindigkeit heranpreschte. In seiner Staubwolke tauchte schemenhaft ein zweiter Wagen auf. Es schien, als würden sie sich ein Rennen liefern. Der junge Mann in Führung, fuhr sich mit dem linken Arm über die Stirn und wischte sich die lange, widerspenstige Haarsträhne weg, die ihm immer wieder ins Gesicht fiel. Sein Blick wechselte ständig zwischen der Straße und seinem Verfolger. Er konnte nicht genau einschätzen, wie dicht der fremde Wagen bereits hinter ihm war. In der Staubwolke, die sein Pontiac verursachte, war der nur schwer zu erkennen. Sein Fuß hatte das Gaspedal voll durchgetreten, aber mehr gab der alte Pontiac nicht her. Dieser Wagen, den er im Rückspiegel sah, war wie aus dem Nichts aufgetaucht und verfolgte ihn, ohne daraus einen Hehl zu machen. Mit einem dumpfen Schlag rammte der Verfolger das Heck des Pontiac. Henry Yellow Cloud riskierte erneut einen angstvollen Blick nach hinten. Er kannte ihn nicht, wusste nicht, weshalb der es auf ihn abgesehen hatte. Dann sah Henry wieder nach vorn auf die unbefestigte Straße. Wieder war ihm die Haarsträhne über sein Gesicht gefallen. Wieder wischte er sie weg und sah in den Rückspiegel. Der Verfolger war schneller, rammte ihn am hinteren Kotflügel. Henrys

Pontiac kam aus der Spur und geriet ins Schleudern. Mit festem Griff am Lenkrad steuerte er dagegen und brachte den Wagen wieder in die Spur. Kalte Angst kroch in ihm hoch, schnürte ihm die Kehle zu, trieb ihm noch mehr Schweiß auf die Stirn. Sein Herz trommelte. Das Blut schoss durch die Halsschlagadern bis in den Schädel.
Warum? Wieso? Ich habe niemandem etwas getan!
Aufgeben wollte Henry nicht. Aber er wusste, wenn der Motor des alten Pontiac aufgab, würde er sterben. Das weite Grasland bot ihm kaum eine Chance auf Deckung. Als der fremde Wagen neben ihm erneut Anlauf nahm, ihn von der Straße zu drängen, riss Henry das Lenkrad herum und fuhr in die Prärie. Der Wagen hinterließ eine schwarze, schmierige Spur. Der Verfolger ließ sich nicht abschütteln. Der Motor des Pontiac drohte auszugehen und kämpfte sich schließlich mit röchelnden Geräuschen weiter vorwärts.
Wenn ich wenigstens eine Waffe bei mir hätte!
Die Gedanken schossen wirr durch Henrys Kopf und die Angst, die ihn begleitete, wuchs zur Panik, als der Motor seinen Geist ganz aufgab. Der Wagen wurde langsamer und rollte aus. Henry riss noch währenddessen die Tür auf und sprang aus dem Pontiac. Henry stolperte und fing sich wieder. Er rannte um sein Leben. Seine Hoffnung war der Graben, ein Riss in der Erde, nur ein paar Meter vor ihm. Als Yellow Cloud absprang, spürte er plötzlich brennende Schmerzen in seinem Rücken. Er stolperte, überschlug sich und rutschte ein Stück den Hang hinab in den Graben. Dann blieb sein Körper reglos liegen. Die widerspenstige Haarsträhne fiel über sein Gesicht. Ein sanfter Windhauch spielte mit ihr und trieb den Staub über ihn. Seine Augen waren gebrochen.

Kapitel 1 Cantemasice - Mein Herz ist schwer

Kath Yellow Cloud lag also im Indian Hospital, im Behandlungszimmer der Notaufnahme in Pine Ridge. Die Betten waren alle belegt und die junge, diensthabende Ärztin hatte in dieser Nacht alle Hände voll zu tun. Kath lag noch immer auf der Transportliege. Das schwache Licht von nebenan schien durch die halboffene Tür auf ihr Gesicht. Sie hatte die Augen geschlossen. Die Platzwunde an der linken Augenbraue war frisch geklammert, das Gesicht von Prellungen geschwollen und blau unterlaufen. Die Unterlippe war in der Mitte eingerissen. Nicht weiter schlimm. Kath hatte ihr Leben lang gelernt, Schmerzen zu ertragen und sie hatte nie gejammert. Aber die Schmerzen in ihrem Herzen taten verdammt weh und quälten sie. Es schien, als schliefe sie, doch aus ihren Augenwinkeln rannen, wie ein winziger Bach, heiße Tränen. Kath öffnete die Lider einen Spalt, als jemand sie sanft an der Schulter berührte. Mary Night Killer, Schwester Mary, die stämmig gebaute Lakotafrau mit dem runden Gesicht, arbeitete schon seit mehr als dreißig Jahren in diesem Hospital. Sie verstand die Menschen hier auch ohne Worte. Mary wusste genau, was in ihrer Freundin vor sich ging. Mary lächelte sie zuversichtlich an. Kath lächelte schwach zurück.
„Wie geht es dir, Kath?"
„Es tut weh," antwortet sie leise.
Mary nickte. „Er hätte dich fast tot geprügelt."
Kath schwieg. Sie wollte nicht darüber reden. Mary Night Killer wusste, dass die Frauen, die von ihren betrunkenen Männern verprügelt worden waren, nicht darüber sprechen wollten. Nicht einmal Kath, die ihre Freundin war und das schon seit fast fünfzig Jahren.

„Möchtest du etwas trinken, Kath?"
„Ja", antwortet sie leise.
Mary ging. Kath schloss die Augen wieder. Sie weinte nicht mehr.
Die junge Ärztin war zum Umfallen müde. Es war drei Uhr morgens und endlich war Ruhe eingekehrt. Ihre Augen brannten. Die Luft hier drin erschien ihr stickig und viel zu warm. Sie entschied sich, vor die Tür zu gehen. Die Nachtluft würde gut tun. Alles war besser als die Luft hier drin. Langsam ging sie, an der Wand entlang, durch den Flur.
„Müde, Maggie?", fragte eine leise Stimme.
„Ich schlafe schon, Mary. Weck mich bitte nicht auf", lächelte sie schwach. „Ich gehe nur einen Augenblick vor die Tür. Bin gleich zurück."
Mary nickte.
„Kath ist wach. Ich gebe ihr etwas zu trinken."
„Wie geht es ihr?"
„Sie ist sehr tapfer ."
„Ich sehe gleich nach ihr."
Die junge Ärztin, die Schwester Mary mit Maggie angesprochen hatte, trat zur Tür hinaus. Die Nachtluft war kühl und erweckte ihre müden Sinne. Die Bluejeans gehörte zu ihrer ganz persönlichen Dienstkleidung und die karierte Bluse dazu, ließen sie allenfalls als Rancherfrau durchgehen. Den weißen Kittel hatte Maggie im Behandlungszimmer hängen gelassen. Langes, schwarzes Haar reichte im locker geflochtenem Zopf über ihren Rücken. Sie sah zum sternenklaren Himmel hinauf und schien einen Augenblick zu träumen, bevor sie umkehrte. Lautlos ging sie direkt zu Kath.
„Kath?", fragte Maggie leise.
Maggie wusste, dass Kath nicht schlafen konnte, auch

wenn es so aussah. Sie konnte ja selbst kaum Ruhe finden. Maggie liebte Kaths Sohn, Robert. Aber Maggies Mann, Robert Yellow Cloud, liebte seinen Job in Montana. Maggie verdrängte ihren Schmerz darüber und legte all ihre Liebe in Ihre Arbeit. *Die Menschen hier in der Reservation brauchen mich,* hatte Maggie trotzig gesagt, als ihr Mann sie mit nach Montana nehmen wollte. Maggie Yellow Cloud lebte, wenn sie nicht im Hospital oder bei Mary Night Killer blieb, draußen bei ihren Schwiegereltern. Kath liebte Maggie wie ihre eigene Tochter, während Maggies Schwiegervater Harry versuchte, die Schmerzen über den Mord an seinen erstgeborenen Sohn im Alkohol zu ertränken. Auch Harry Yellow Clouds Vater, Ian Yellow Cloud, den alle Großvater nannten, lebte in diesem Haus. Henry Yellow Cloud, Maggies Schwager, hatte man gestern Nachmittag mit drei Kugeln im Rücken, gefunden. Er hinterließ nun zwei Waisenkinder, die noch zur Schule gingen. Kath öffnete die Augen. Maggie lächelte.
„Maggie. Schön, dass du da bist. Wie geht es dir?"
„Das sollte ich dich fragen. Mir geht es gut. Ich bin nur müde."
„Mach dir keine Sorgen um mich."
Maggie atmete tief durch. „Ich bin immer für dich da, Kath. Mir tut es auch weh."
„Er kann nichts dafür."
„Ich weiß", sagte Maggie niedergeschlagen. „Die Kinder haben es auch schwer." Magie atmete tief durch und schwieg kurz. „Wie geht es Großvater Ian?", fragte sie schließlich.
„Er hofft auf eine gute Vision. Er hofft auf den Tag, an dem alles gut wird. Die Hoffnung hält uns am Leben."
Kath lächelte. „Ich will wieder nach Hause."

„Heute bleibst du noch bei mir. Ich möchte dich mindestens einen ganzen Tag beobachten, damit ich ein Schädel-Hirn-Trauma ausschließen kann. Dann sehen wir weiter. Versuch ein wenig zu schlafen."
Kath nickte schwach und schloss die Augen.

Heiß war es, wie am Tag zuvor, und still ringsum. Wind strich über das Land, der sanft das trockene Gras wiegte. Vereinzelte Baumgruppen spendeten Schatten. Einige Häuser hatte die Wohlfahrt schon vor Jahren hier aufstellen lassen, die sich in den kaum zu erkennenden Farben noch unterschieden, aber nicht in ihrem Baustil. Planlos, wie eine handvoll ausgeworfener Samenkörner, hatte man sie aufgestellt. Sie waren weder hitzetauglich, noch für die Kälte im Winter gewappnet, ganz zu schweigen von der Sturmtauglichkeit. Als vor einigen Jahren ein Tornado durch dieses Gebiet brauste, hatte er das wenige Hab und Gut mit sich fortgerissen. Vor einem gelben Haus mit kleiner Veranda und drei Stufen zwischen dem Boden und der Tür, saß ein Junge. Einen Fuß im Staub, den anderen auf der Stufe, hatte er sich über seine Gitarre gebeugt. Die Turnschuhe waren ausgetreten und seine Jeans begann sich an den Nähten zu lösen. Unten, an den Hosenbeinen, gab es keinen Saum mehr. Seine Haare waren locker auf dem Rücken zusammengebunden. Eine Haarsträhne war ihm herausgerutscht und hing seitlich vor seinem Gesicht. Es schien ihn nicht zu stören. Überhaupt schien er sich an nichts zu stören. Wie in seiner eigenen Welt, weit weg von hier, war er in sein Gitarrenspiel vertieft. Er zupfte sanft an den Saiten, sodass ein Hauch Wehmut darin lag. Lange tat er das, schon seit Stunden und lange hatte er kein Wort mehr geredet. Dann schlug er die Saiten kräftiger und wechselte rasch die Akkorde. Es klang wie ein Protest, Wut und Anklage. Sein Blick starrte dabei ausdruckslos und leer auf seine Finger und verriet nichts. Der Junge schreckte zusammen, als ihn jemand kräftig an der Schulter packte. Ein letzter lauter Klang der Gitarre, dann hielt er inne. Langsam hob er seinen Blick zu dem alten Mann mit den grauen Zöpfen. Tunkasila, Großvater Ian Yellow Cloud, richtete sich auf und setzte sich langsam neben seinen Urenkel.

Lange schwieg er, bevor er langsam sprach: „Micante masicelo."

Der Junge rührte sich nicht.

„Ich weiß, Ray, dass du fasst ein Mann bist. Du bist stark und dein junges Herz ist genauso schwer wie mein altes."

Der Junge, der gerade seinen dreizehnten Sommer erlebte, schwieg. Nach einer Weile erst sagte der alte Mann: „Ich habe mit dem Bruder deines Vaters gesprochen. Er wird uns helfen."

Ray nickte. Da er wieder nicht antwortete, sagte Ian schließlich: „Spiel etwas auf deiner Gitarre für mich. Ich höre zu."

Großvater lächelte ein wenig und lauschte. Ray spielte mit flinken Fingern, Töne die klangen wie plätscherndes Wasser. Dann setzte Ian, der der Großvater von Rays Vater war, leise mit seinem Gesang ein. Der Töne verflossen in Harmonie miteinander. Die Leidenschaft, mit der der Junge spielte, berührte das Herz des alten Mannes und ließ seine Stimme kräftiger werden. Dann setzte auch Ray mit seiner Stimme ein. Als das Lied ausklang, lächelte Ray den Großvater an. Das erste Mal, seitdem sie Henry Yellow Cloud, seinen Vater, mit drei Kugeln im Rücken gefunden hatten. Ian lächelte zurück.

„Ich will wissen, warum er. Ich will wissen, wer", sagte Ray leise mit erschreckend ruhigen Tonfall, der seiner Selbstbeherrschung alles abverlangte. „Ich will in seine Augen sehen."
Großvater Ian richtete den Blick auf seinen Urenkel.
„Wenn die Zeit gekommen ist, Ray. Wenn sich unser Blick nicht mehr trübt, um das zu sehen, was wirklich gewesen ist."
„Dann wünschte ich, mein Blick würde ihn töten."
Ian atmete hörbar ein und aus. Aus seinem braunen Gesicht, in das sich sechsundsiebzig Jahre lang sowohl Sorgenfalten als auch Lachfalten gegraben hatten, blinzelten zwei zuversichtliche Augen. Er holte eine kleine Pfeife hervor und begann sie zu stopfen.
„Morgen gehen wir wieder zur Schule. Ist besser so. Es ändert nichts, aber alles wird anders sein als vorher."
„Eine weise Entscheidung, Ray."
Der alte Mann entzündete seine Pfeife. Lange zog er daran und schwieg. Auch Ray hüllte sich in Schweigen.
Auf der Straße näherte sich ein Wagen. Eine Staubwolke nach sich ziehend bog er ab und kam direkt auf die beiden zu. Der Polizeijeep stoppte. Ein großer, kräftiger Mann mit Uniform und Igelfrisur, stieg aus und spielte mit dem Schlüssel in der Hand.
„Hallo!", grüßte er mit kräftiger Stimme.
„Hallo, Richard. Gibt es was Neues?", fragte Ian.
„Leider nicht. Die Ermittlungen laufen auf Hochtouren. Das FBI - Wichtigtuerei untersucht alles noch einmal. Sie sind ab sofort zuständig. Ich muss mit Harry reden. Ist er da?"
Ian nickte.
„Er liegt drinnen und schläft seinen Rausch aus."
Officer Richard Sounding Side verzog die Mundwinkel

und schüttelte den Kopf.
„Wenn er so weiter macht, werde ich ihn mitnehmen müssen."
Ian schwieg. Mit keiner Regung ließ er seine Gedanken erkennen. Ray sah demonstrativ in die andere Richtung.
„Der Körper deines Enkelsohnes ist freigegeben", sagte Richard schließlich und verabschiedete sich. Ian Yellow Cloud verfolgte den Jeep mit seinem Blick, bis die Staubwolke verschwunden war.

Die junge Ärztin Maggie kämpft um das Leben ihrer Nichte Shauna Wiyakaska. Nach einem Unfall erwacht diese nicht aus ihrem Koma. Eine neurologische Privatklinik ist an der kleinen, erst sechsjährigen Patientin interessiert und will sogar alle Kosten übernehmen. Die Familie gewinnt neue Hoffnung. Einen Tag später wird Shauna in der fremden Klinik für Hirntod erklärt.

Maggies innere Unruhe und böse Träume treiben sie nach Utah, in diese Klinik. Ihre geheime Hoffnung ist ihre Studienfreundin Lynn Yazzie, eine Navajoärztin, die dort arbeitet. Doch Maggie ist erstaunt, wen sie stattdessen dort antrifft.

Auf der Suche nach ihrer Nichte gerät sie in ein Geflecht aus Lügen und geheimnisvollen Zeremonien.

Maggie ahnt nicht, in welche Gefahr sie sich begibt.

Wokokipe - In Gefahr (Blue Mountains - Utah)

Der Wind fuhr in die Bäume und trug den Geruch der Ponderosakiefern mit sich. Er spielte mit den Blättern der Cottonwoods und wirbelte das erste verwelkte Buchenlaub durcheinander. Weiter oben, am hellblauen Himmel, trieb er kleine Wolkenberge, gleich einer Schafherde, vor sich her. Der Herbst hatte längst Einzug gehalten, hatte die Blätter in purpurrot und orange gefärbt. Wenn der Wind in die Baumkronen fuhr, flirrten die Farben durcheinander und es schien, als stünden die Bäume in Flammen. Im Verborgenem bereiteten sich die Tiere des Waldes auf den bevorstehenden Winter vor. Nur das leise Rascheln verriet ihr Tun. Die Tage waren bereits kürzer geworden. Die Sonne hatte an Kraft verloren. Sie stand, an diesem letzten Freitagmorgen im September, noch tief im Osten. Ihr gleißendes Licht wirkte kühl. Es brachte den Tau auf den Hochebenen der bewaldeten Berge zum Glitzern. Der langgezogene Schrei eines Falken, der seine Kreise über der Lichtung zog, erregte die Aufmerksamkeit einer einsamen menschlichen Gestalt. Sie stoppte ihr Pferd und sah suchend hinauf. Die schwarzen Mandelaugen hatten ihr Ziel anvisiert. Der Blick der Betrachterin folgte dem Raubvogel. Wieder vernahm sie seinen Schrei. Das Pferd schnaubte leise. Die junge Navajoärztin atmete tief durch, genoss ihren freien Tag, den Geruch des Waldes, die Schönheit des Landes und die frische, kühle Luft in ihrem hellbraunen Gesicht. Der Wind fuhr in ihr Haar und brachte es durcheinander. Sie lachte. Er tat es immer und immer wieder, seit Lynn Yazzie denken konnte. Der Wind war immer und überall. Der Wind war unsichtbar und wie ein Geist tauchte er auf und

verschwand, ganz wie es ihm beliebte. Er erweckte die Bäume und Sträucher zum Leben, verzauberte sie in Fabelwesen. Der Wind war ein mächtiger Geist, der seine Jahrtausend alten Spuren überall hinterlassen hatte. Er pfiff durch die Felsenklüfte und summte sehnsüchtige Melodien. Reglos saß Lynn auf ihrem hellbraunen Hengst, der die uralte Zeichnung des Wildpferdes trug, und lauschte. Das Pferd hob den Kopf und drehte die Ohren aufmerksam. Es musste etwas vernommen haben, was kein menschliches Ohr zu hören vermochte. Dann nahm es Witterung auf. Lynn hatte es längst bemerkt und lächelte.
„Der Wald ist voller Geister, nicht wahr, Sequoia", flüsterte sie.
Beunruhigt war sie deshalb keineswegs. Sie kannte ihr Pferd genau. Sie waren eins. Vielleicht trieb sich ein Raubtier in ihrer Nähe herum, was hier oben, in den Blue Mountains, in Utah, durchaus nichts Ungewöhnliches war. Der Berglöwe, der Wolf und der Bär waren hier genauso zu Hause wie die Diné, die Ureinwohner dieses Landes, die die Weißen Navajo nannten. Lynn Yazzie ließ ihren Hengst antreten. Der setzte seine Hufe fest und sicher auf den schmalen Sky-Trail, der steil bergab in das Dickicht des Waldes führte. Steinchen lösten sich aus dem Geröll und kullerten leise hinab. Die Stille der Wildnis umgab sie. Die hatte ihren ganz eigenen Sound. Dann zerrissen klägliche Schreie die Stille. Es klang, als würde ein Schaf um sein Leben wimmern, so, als würde es jemand quälen. Lynn hielt inne. Auch der Hengst lauschte. Das Tier schrie im Todeskampf. Nur etwa eine Minute später war es merkwürdig still. Der Spuk war vorbei, als hätte es ihn nie gegeben. Doch Lynn zweifelte nicht an ihren Sinnen. Langsam ritt sie in die Richtung,

aus der die Schreie gekommen waren. Einige abgebrochene Zweige fielen Lynn auf. Nicht solche Spuren, wie wilde Tiere sie hinterlassen. Menschen mussten hier oben sein. Die Bruchstellen an den Zweigen waren noch feucht. Es konnte also noch nicht lange her sein, dass sie abbrachen. Dann meinte sie Hufspuren entdeckt zu haben. Welkes Laub war umgekehrt. Lynn stieg vom Pferd und sah sich das genauer an. Sequoia wurde wieder unruhig. Er roch die Gefahr und drängte Lynn zur Flucht. Jemand musste das Tier gerade erlegt haben, dachte sie. Lynn berührte die Erde vorsichtig mit den Fingern. Die Erde war an dieser Stelle feucht. Also war der Jäger, vielleicht auch zwei, ganz in der Nähe. Lynn saß auf. Kurze Zeit später beherrschte der glatte, rote Felsen den Weg. Lynn überließ ihrem Freund die Führung. Der Hengst wusste genau, was er tun musste, um nicht zu stürzen. Trittsicher bewegte er sich, ohne wegzurutschen, über den Felsen. Die junge Ärztin, die in einem Hospital arbeitete, das früher zum San Juan River Indian Health Service, Moab, gehörte, nutzte gern ihre freien Tage, um in die Blue Mountains zu reiten. Manchmal suchte sie die Einsamkeit. Manchmal war sie mit Verwandten, Freunden oder auch Kollegen unterwegs. Dann benutzte sie den Pferdetrailer, um die etwa zwanzig oder fünfundzwanzig Meilen über die Dirty Road direkt in die Berge hinein zu fahren. Die Blue Mountains erhoben sich majestätisch aus der Wüste und wirkten aus der Ferne gesehen dunstig und rauchblau. Im Winter lag der Schnee hier oben so hoch, dass man sich nur mit Schneeschuhen vorwärts bewegen konnte. Selbst die Pferde sanken dann bis zu ihren Bäuchen ein. Deshalb waren die Jäger im Winter mit ihren Schneeschuhen an den Füßen unterwegs. Lynn wusste das ganz genau, denn Vater und Bruder hatten sie manchmal mit auf die Jagd genommen. Es war beschwerlich und kräftezehrend, aber wie ein Zauber. Es war mehr, als der Hirsch, den Mutter zu einem köstlichen Festbraten zubereitete. Es war ihr Leben, ihre Identität, um wieder zu dem zu werden, die sie waren: Native Americans vom Volk der Diné. Heute war Lynn allein mit dem Pferd. Sie fürchtete sich nicht. Sie war Teil dieses Landes. Mit dem Sonnenaufgang war sie aufgebrochen. Zu deren Untergang wollte sie wieder zu Hause sein. Lynn trug eine geblümte Flanellbluse, darüber eine rote Steppweste. Ihr langes Haar reichte weit über die Schulter hinab. Sie hatte versucht, sich einige blonde Strähnchen hinein zu färben, wie es bei den jungen Navajofrauen im Augenblick modern zu sein schien. Das schwarze Haar hatte die Farbe nicht vollständig angenommen, als wäre es mit der Veränderung nicht einverstanden gewesen. So sah es vergleichsweise aus, als befände sich ein Strudel Milchkaffe im Schwarzem. Sequoia wurde plötzlich wieder unruhig. Seine Muskeln spannten sich an. Er stellte die Ohren auf, während seine Nüstern bebten. Aufgeregt sog er die Atemluft ein und stieß sie aus, sodass er schnaufte. Irgend etwas schien tatsächlich nicht zu stimmen. Lynn spürte die Gefahr, vor der ihr Pferd sie warnte. Sie sah sich um und lauschte. Sie konnte Sequoia nicht überzeugen, noch einen Schritt weiter voran zu gehen. Sie stieg ab. Er weigerte sich, ihr zu folgen. Also band sie ihn an einen jungen Baum. Dann ging sie ein paar Schritte weiter, bevor auch sie erstarrte. Auf dem welken, mit Laub bedecktem Boden lag ein totes, gerade frisch aufgebrochenes Schaf. Es war kein wildes Schaf und ein Raubtier hatte es nicht geschlagen.

Es waren die Spuren menschlichen Tuns. Immer wieder waren in letzter Zeit Schafe gestohlen worden. Die Züchter hatten bereits Alarm in der gesamten Navajoreservation geschlagen, die Stammespolizei hatte verschiedene Fälle aufgenommen und die Navajo Country Times hatte einen Artikel gebracht. Erst letzte Woche! Lynn hatte es gelesen. Die Navajo redeten sich die Köpfe heiß und die Munition für ihre Jagdgewehre war seitdem ausverkauft. Lynn schüttelte betreten den Kopf, während sie das Tier betrachtete. Dem Tier war die Halsschlagader aufgeschnitten worden und der Brustkorb aufgebrochen. Lynn erschrak innerlich. Nur das Herz fehlte! Blitzartig sah sich Lynn um und lauschte. Sie war nicht allein! Lynn wurde heiß. Der Jäger hatte das Schaf nicht erlegt, er hatte es getötet. Das war ein sehr seltsames Verhalten. Er musste in der Nähe sein. Lynn fand es sehr eigenartig, dass das Tier kein wildes Dickhornschaf war, sondern ein Haustier, so wie es die meisten Navajofamilien in Herden hielten und züchteten. Das könnte das rätselhafte Verschwinden der Zuchtschafe erklären! Kein Jäger, kein normal denkender Mensch schleppte ein Zuchtschaf hierher. Es musste ein Verrückter sein, ein richtig kranker Mensch. Lynn empfand Abscheu und eine Spur Angst schlich sich in ihre Gedanken, während sie ihren Blick weiter umher schweifen ließ. Sie hatte die Augen und die Ohren des Jägers. Der Hengst hatte Angst und machte Anstalten zu fliehen. Pferde flohen vor dem Geruch frischem Blutes, vor dem Geruch des Todes. Es bedeutete für sie in großer Gefahr zu sein und setzte ihren Urinstinkt der Flucht frei. Der junge Baumstamm bog sich unter der Kraft des Hengstes. Langsam ging Lynn zu ihrem Pferd. Es war höchste Zeit, diesen Ort zu verlassen.

„Ich weiß. Wir werden beobachtet", flüsterte sie dem Pferd zu. Ihr Herz begann wild zu trommeln und jagte das Adrenalin mit dem Blut durch ihren Körper, als sie das leise Knacken der Zweige vernahm. Blitzartig schoss ein eisiger Schauer in ihrem Körper hinauf, der ihr Blut gefrieren lies. Lynn hörte das Pochen ihres eigenen Herzens, als sie meinte, einen Schatten zwischen den Bäumen gesehen zu haben.
„Wer ist da?", fragte sie.
Sie vernahm ein dunkles Lachen. Dann tauchten zwei Männer vor ihr auf. Der eine lächelte. Blutspuren waren an seinen Händen und er hielt das Messer noch fest umklammert.
„Sie?", fagte Lynn erstaunt...

Anpetu witko - Ein verrückter Tag

Die Sonne war gerade erst am östlichen Horizont aufgetaucht. Die Luft war feucht und Dunstschleier schwebten am Ufer des White River, in der Nähe des Slim Butte. Der Lakotaärztin, Maggie Yellow Cloud, standen die Schweißperlen auf der Stirn, obwohl der Septembermorgen kühl war. Jede Sekunde zählte. Sie kniete auf dem welken Grasboden, über einen jungen Mann gebeugt, etwa zwanzig Fuß von einem der Campingzelte entfernt. Die junge Ärztin der Notambulanz des Pine Ridge Hospitals kämpfte um das Leben eines Bewusstlosen, der sich unter Muskelkrämpfen wand. Zwei seiner Freunde und ein Mädchen standen hilflos, schweigend daneben. Besorgt starrten sie auf ihren Freund. Ein Rettungsassistent hielt den Arm fest, so dass es der Ärztin möglich war, dem Patienten einen venösen Zugang zu legen. Maggie löste die Stauung vom Arm und

injizierte eine wässrige Flüssigkeit in die Armvene des jungen Mannes. Seine Krämpfe ließen sofort nach. Die Muskeln entspannten sich. Nun lag er wie tot am Boden.
„Wie heißt er?", fragte Maggie die daneben stehenden Jugendlichen, während sie mit ihrer kleinen Stabtaschenlampe die Pupillenreaktion ihres Patienten prüfte.
„Antonio Martinez. Seine Mutter ist Oglala, sein Vater mexikanischer Abstammung", antwortete das Mädchen.
„Antonio! Kannst du mich hören?"
Der Angesprochene reagierte nicht.
„Wie alt ist er?"
„Siebzehn."
Der Rettungsassistent brachte die vorbereitete Infusion an und warf zunächst eine Wolldecke über den jungen Mann. Die lebensbedrohliche Situation war noch nicht gebannt.
„Der Blutdruck ist am Boden", sagte der Assistent.
Er war etwa Mitte vierzig, gedrungener Gestalt und durch nichts aus der Ruhe zu bringen. Doch auch in seinen Gesichtszügen zeigte sich nun Sorge, als er Maggie ansah.
„Eine Ampulle Adrenalin", ordnete sie an. „Er bekommt auch kaum noch Luft, Louis."
Der Rettungsassistent, den Maggie mit Louis angesprochen hatte, zog sofort die Injektion auf und applizierte das Medikament über den venösen Zugang.
„Er muss sofort ins Hospital! Verdacht auf anaphylaktischen Schock ", sagte Maggie.
Louis nickte. „Der Helicopter ist bereits unterwegs."
„Antonio! Komm schon", zischte Maggie leise, während Louis den Kopf des jungen Mannes leicht nach hinten streckte und dessen Mund öffnete. Nur ein Blick bestätigte die Vermutung der Ärztin. Die Schwellung im

Rachenraum schien die Luftröhre zu blockieren. Maggie presste die Lippen fest aufeinander, atmete tief durch und nickte ihrem Kollegen zu. Der hatte verstanden und sprang zum Rettungswagen, während Maggie ein Paar sterile Handschuhe auspackte und über die zog, die sie bereits trug. Louis war sofort zurück und packte bereits das Koniotomiebesteck aus. Maggie nahm sich die Notfallkanüle. Die Punktion der Luftröhre war die letzte Möglichkeit, das Leben des jungen Mannes zu retten. Maggie biss die Zähne hart aufeinander und tat es. Selbst in einer Notambulanz stand das nicht auf der Tagesordnung, sodass es für jeden Arzt immer eine Herausforderung darstellte. Die jugendlichen Zuschauer wandten sich hilflos ab.

„Wird er es schaffen?", fragte schließlich einer der beiden jungen Männer besorgt.

Maggie wischte sich mit dem Arm über die Stirn und schniefte.

„Im Hospital hat er eine Chance. Ist euer Freund auf irgend etwas allergisch?"

Die Jugendlichen, die etwa alle im Alter Antonios zu sein schienen, zuckten fast gleichzeitig mit den Schultern.

„Hat er irgendetwas eingenommen?"

Wieder Schulterzucken.

Der Wind frischte auf und ließ Maggies gelöste Haarsträhnen wie kleine Flaggen wehen. Noch immer kniete sie vor dem Patienten und fixierte die Kanüle, die aus der Luftröhre ragte, mit einem Klettband um dessen Hals. Dann fühlte sie noch ein mal nach dem Puls an der Halsschlagader und überzeugte sich von den gleichmäßigen Atemzügen Antonios. Louis nickte zufrieden.

Maggie atmete erleichtert durch und wagte aufzustehen. Ihre Knie schmerzten. Ihr fröstelte. Die Hitze der

Anspannung war von ihr gewichen und plötzlich spürte sie den kalten Wind auf ihrer Haut. Außerdem war sie übernächtigt und sollte längst im Bett liegen. Doch als der Notruf einging, war der erste Rettungswagen der Notambulanz, mit Doktor Lithgow, bereits im Einsatz. Maggies Einsatzort war ein katholisches Jugendcamp, direkt am White River. Sie blickte zu den fünf Campingzelten. Es war still, als schienen alle noch zu schlafen. Nur der Wind säuselte sein Lied und ließ die Blätter in den Bäumen rauschen. Das weiß schimmernde Wasser folgte im Bogen dem Flussbett. Die drei jungen Leute rührten sich nicht. Maggie horchte auf. Aus der Ferne drang das Geräusch eines Helikopters zu ihr. Dann sah sie ihn am Horizont. Er kam aus südöstlicher Richtung. Die aufsteigende Sonne blendete die Augen. Nur wenige Minuten waren inzwischen vergangen. Maggie hockte sich wieder zu Antonio und überprüfte noch einmal den Pupillenreflex. Diese zogen sich im Bruchteil einer Sekunde zusammen. Kreislauf und Atmung hatten sich stabilisiert. Die Lippen hatten ihren bläulichen Schimmer verloren. Maggie war zufrieden.

Der Helikopter kreiste über dem Camp und ging schließlich in einiger Entfernung zu Boden. Der Wind der Rotorblätter wirbelte Blätter und Staub auf. Der Pilot sprang aus dem Helikopter. Louis lief ihm entgegen. Der Rotor durchschnitt gleichmäßig die Luft. Mit der Transporttrage kamen die beiden Männer zu Maggie und dem Patienten. Unzählige Augenpaare waren an den Zelteingängen aufgetaucht und beobachteten das Geschehen. Maggie gab den Männern ein Zeichen, dass alles in Ordnung war für den Transport. Jeder wusste, was er zu tun hatte, jeder Handgriff saß und alles geschah in einer stoischen Ruhe. Der Pilot griff Doktor

Yellow Cloud am Arm und sah in ihre schwarzen Augen.
„Die Einsatzzentrale sagte, es sei eine Notärztin vor Ort, die den Transport begleitet."
Maggie nickte.
Der Pilot, Robert Yellow Cloud, ihr Mann, zog sie mit sich zum Helikopter.
„Pine Ridge oder Rapid?", fragte er.
„Zu uns!", schrie Maggie, den Lärm übertönend.
Louis stieg in den Rettungswagen der Notambulanz und benutzte den Sprechfunk. Der Helikopter stieg auf und drehte sofort in die Richtung ab, aus der er aufgetaucht war.

Walter Mc Kanzie, ein zwölfjähriger Halbblutjunge, schlägt sich nach dem Tod seiner Mutter allein durch die Straßen Chicagos. Sein Vater, Frank, der die Familie verlassen hatte, als sein Sohn fünf war, lässt den Jungen auf Anweisung des Jugendamtes von der Polizei einfangen und tritt das Sorgerecht an dessen Großvater, Wayton Stone Horse, ab.

Doch Walter, der sich selbst Blue nennt, ist ein Rebell, und er ist auf Flucht programmiert. Sein Leben verändert sich schlagartig, als Frank ihn bei dessen Großeltern, in der Pine Ridge Reservation, abliefert. Großvater Wyton weckt die vergessene indianische Seite in ihm und übt einen eigentümlichen Zauber auf den Großstadtjungen aus, während ein Vollblut Lakotajunge ihn täglich in der Schule schikaniert und verprügelt. Und dann ist da noch seine kleine Schwester Bonnie, die eine Lakota - Onaida ist...

Als plötzlich die Pferdeherde der Familie verschwindet, muss auch Blue sich bewähren...

Kapitel 2 - oben und unten

Die Absätze der jungen Dame im engen Rock knallten auf dem Laminatboden, als sie mit schnellen Schritten von ihrem Schreibtisch zur Zimmertür eilte. Ihre rotblonden Locken wippten im Takt dazu. Sie atmete tief durch, bevor sie an die Tür zu ihrem Boss klopfte.
„Was gibt es, Mrs Hanson", fragte der junge Mann im blau gestreiften Hemd und sah vom Computerbildschirm auf. Frank McKanzie hatte sein Jackett über die Lehne des Bürostuhles gehangen und die Krawatte gelockert. Sein Büro, in der Michigan Avenue in Dowtown, war wesentlich großzügiger ausgestattet, als das seiner Sekretärin. Es beherbergte unzählige Aktenordner, die wie Zinnsoldaten in Regalen standen, die vom Boden bis zur Zimmerdecke reichten. Eine Fensterfront hinter dem Schreibtisch des jungen Anwaltes ließ das Tageslicht herein. Der Lärm am Loop, dem Geschäftszentrum der Stadt, und das Rattern des alten El Train wehrten die dicken, isolierten Glasscheiben ab. Zwei große Grünpflanzen rechts und links dieser Glasfront lockerten die triste Ausstattung etwas auf. Dank der Klimaanlage des Bürogebäudes war die Luft hier drin erträglich und duftete dezent nach Meeresbrise. Mrs Hanson schloss die Tür hinter sich und trat näher.
„Das Schreiben an Ihre Versicherung ist fertig. Sie müssen es nur noch unterschreiben und hier ist ein Schreiben vom Gericht angekommen, Mr McKanzie. Ich denke, das ist sehr wichtig."
Sie legte beides auf seinen Schreibtisch ab. Ohne zu lesen unterschrieb er das Versicherungsschreiben.
„Das Jugendamt hat seit gestern mehrmals versucht Sie zu erreichen. Was soll ich der Dame sagen? Sie möchte

mit Ihnen persönlich sprechen."
McKanzie schielte über seinen Brillenrand mit einem bittenden Blick, den Mrs Hanson zur genüge kannte.
„Das kann ich Ihnen leider nicht abnehmen und sie lässt sich nicht mehr vertrösten."
„Gut. Dann geben Sie ihr einen Termin in sechs Monaten." McKanzie grinste seine Sekretärin spitzbübisch an.
Mrs Hanson lächelte, als sie mitfühlend antwortete: „Sie sollten sich umgehend darum kümmern und die Sache schleunigst erledigen. Es ist besser so."
„Sie hören sich schon an wie meine Mutter. Ich bin Anwalt für Arbeitsrecht, nicht für Jugendstrafrecht. Was wollen die eigentlich von mir?"
„Tja, ich denke es gibt, also es hat sich so angehört, als ob man Sie dringend sucht. Sie möchten sich umgehend ihres Kindes annehmen."
McKanzie ließ den Kugelschreiber auf die Schreibtischplatte fallen und nahm seine Brille mit einer Hand ab.
„Ich soll was?", fuhr er dabei im Stuhl auf.
Mrs Hanson wäre lieber schnell aus der Schusslinie verschwunden, aber er gab ihr keine Chance.
„Es gibt da einen Sohn und Sie sind wohl der einzige Vater...ehm...Verwandte...oder... so."
Sie verdrehte hilfesuchend nach Worten die Augen.
„Alimente", schnaufte er, während er die Brille mit Schwung wieder auf den Nasenrücken warf und zum Telefon griff. McKanzie hielt abrupt inne und starrte seine Sekretärin an.
„Gibt es Beweise, dass ich wirklich der Vater bin?"
„Keine Ahnung. Sie sollten sich erst einmal mit der Dame vom Jugendamt in Verbindung setzen. Mrs Cooper wird Ihnen alles erklären können."
McKanzie nahm den Hörer an sein Ohr. „Verflixt. Die

Nummer."

„Moment. Ich kann Sie verbinden."

„Dann tun Sie das, bevor ich es mir anders überlege!"

„Ja, Sir." Mrs Hanson verschwand im Vorzimmer.

Kaum fünf Minuten später kam Frank McKanzie aus seinem Büro. Er redete fortwährend mit sich selbst, während die Tür hinter ihm ins Schloss knallte. Mehrmals zählte er die Finger an seinen Händen zu zehn und zu zwei ab.

„Ich fahre dorthin. Bin in den nächsten zwölf Stunden nicht erreichbar. Quatsch! Zwei. Also zwölf...vierunddreißig, vierundzwanzig, zweiundzwanzig. Oh, verflucht nochmal", murmelte er weiter.

Die Sekretärin schüttelte den Kopf und grinste.

„So schlimm?"

„Schlimmer. Viel schlimmer!"

„Na dann viel Glück."

„Danke", antwortete er abwesend.

McKanzie schoss zur Tür hinaus, schritt mit großen, ausgreifenden Schritten zu einem der Aufzüge und verschwand wenig später in einem der Hochgeschwindigkeitsaufzüge, Speeds genannt. Kurz darauf eilte er durch die Tiefgarage zu seinem Wagen. Schließlich sprang er in sein Sportcabriolet. Im rasanten Tempo stürzte er sich in den Großstadtverkehr Chicagos. Der Loop selbst war eine lärmende Geduldsprüfung. Die Michigan Ave, obwohl sechsspurig, wie immer verstopft. Ungeduldig hupte Frank ein paar mal. Doch es nutzte, wie immer, nichts. „Ich liebe Chicago", murmelte er zu sich selbst und trommelte mit den Fingern auf dem Lenkrad herum. Als er endlich den Chicago River in Richtung Norden überquert hatte, kam er mit seinem Cabriolet annähernd auf zulässige Stadtgeschwindigkeit.

Am Old Water Tower bog er links in die Chicago Avenue. Zwei Querstraßen weiter in die La Salle Street, immer in nördlicher Richtung. Eine geschlagene Stunde brauchte er dennoch bis zum Ziel, was in ihm wieder einmal die Frage aufkommen ließ, weshalb man ein schnelles Auto besaß, um dann im Schneckentempo durch die Straßen von Ampel zu Ampel zu kriechen. Frank grinste, denn er wusste, weshalb er sich ein solches Auto gekauft hatte, obwohl es nicht zwingend notwendig gewesen wäre, denn die halbe Damenwelt Chicagos konnte ihm auch so nicht widerstehen.

„Guten Tag Mr Mc Kanzie", grüßte die ältere Dame mit dem auffällig gefärbten Haar und mühte sich über den Brillenrand zu ihm aufzusehen. „Setzen Sie sich doch."
„Guten Tag", erwiderte der einsilbig und ließ sich auf den Stuhl jenseits ihres Schreibtisches gleiten. Frank glaubte die Luft um ihn herum knistern zu hören, in Anbetracht der angespannten Situation, der er sich nun ausgeliefert fühlte.
„Also... es handelt sich um Ihren zwölfjährigen Sohn Walter Mc Kanzie. Seine Mutter ist verstorben. Seitdem streift er allein durch die Stadt. Er besucht keine Schule und ist schon mehrmals wegen Diebstahls geschnappt worden."
„Diebstahl?"
Die Frau auf der Seite ihm gegenüber holte tief Luft.
„Leider. Es ist einfach nicht in den Griff zu kriegen. Aber hier handelt es sich um Ihren Sohn!"
„Und deshalb kommen Sie ausgerechnet jetzt auf mich zu? Ist seine Mutter gestern erst gestorben?"
„Nein, bereits letztes Jahr. Sein Großvater hat sich an uns gewandt. Aber er hat kein Sorgerecht."

„Wo liegt das Problem?"
„Das Sorgerecht haben Sie. Sie sind der Vater."
Sie nickte bedächtig und schüttete ein paar Papiere aus einem großen Briefumschlag auf ihren Schreibtisch. Langsam griff er nach ihnen und las. Geburtsurkunde, Heiratsurkunde, Sterbeurkunde und ein paar Fotos.
„Er war fast noch ein Baby. Er kennt mich ja überhaupt nicht."
„Walter war fünf als Sie gingen und ihn mit seiner Mutter, Winona McKanzie, allein ließen. Sie haben weder Unterhalt für sie noch für Ihr Kind bezahlt. Finden Sie das nicht ein wenig verantwortungslos?"
„Was wissen sie schon", schnaubte er.
Die Dame ging auf diese Äußerung nicht ein.
„Vielleicht können Sie ihm helfen. Vielleicht ist es noch nicht zu spät."
Frank legte die Fotos und die Papiere zurück, atmete hörbar tief durch und sagte schließlich: „Okay! Wo muss ich unterschreiben?"
„Was unterschreiben?"
„Die Abtretung des Sorgerechtes an seinen Großvater. Wenn er ihn haben will, dann soll er sich um ihn kümmern."
„Gut", sagte Mrs Cooper ein wenig fassungslos und bereitete das Schreiben vor.
„Hören Sie! Ich kann in meiner Position kein Kind gebrauchen. Ich habe gar keine Zeit für so was", versuchte Frank sich unnötig zu rechtfertigen.
„Sie brauchen sich vor mir nicht zu rechtfertigen, McKanzie. Vielleicht sollten Sie das eines Tages vor ihrem Sohn tun."
„Falls wir uns jemals begegnen", fügte Frank zerknirscht hinzu.

Mrs Cooper hob den Kopf und lächelte ihn an.
„Das lässt sich wohl kaum vermeiden, McKanzie. Mit der Abtretung des Sorgerechtes verpflichten Sie sich gleichzeitig, Walter McKanzie zu seinem Großvater zu bringen und ihn dort persönlich und wohlbehalten abzuliefern."
„Sie sind verrückt!"
„Ich darf ja wohl bitten!"
„Entschuldigen Sie. Aber warum kann ihn der Großvater nicht einfach selber abholen?"
„Er ist ein Reservatsindianer."
„Und?"
„Er kann ihn nicht holen." Mrs Cooper schnappte nach Luft. „Jetzt fragen Sie mich bloß nicht warum!", sprach sie mit einem harten Ton, dass selbst Frank Mc Kanzie nicht wagte zu widersprechen.
„Also gut. Wo finde ich Walter?"
Mrs Cooper druckte das Schreiben aus und lächelte nun wieder, als sie antwortete: „In Chicago." ...

... Seit zwei Stunden saß Walter McKanzie im Police Departmant im 23. District und wartete. Worauf? Man hatte ihn zur Sicherheit mit den Handschellen an einem der Heizungsrohre angelegt. Vergeblich hatte er versucht, seine Hand hindurch zu zwängen. Irgendwann hatte sich der Junge damit abgefunden. Das Handgelenk schmerzte. Seine Jeans war auf der Flucht an mehreren Stellen zerrissen. Sein Shirt stand vor Schmutz und Schweiß. Die nackten Füße steckten in scheinbar neuen Markenturnschuhen. Die Wut ließ seine schwarzen Augen funkeln und seine zusammengepressten Lippen hatten sich nach unten verzogen. Walter war wütend auf die Polizisten, die ihn aufgegriffen hatten und es gewagt hatten, ihm sein Messer wegzunehmen. Und er war wütend auf sich selbst, weil er es dieses Mal nicht geschafft hatte, ihnen zu entkommen. Sie sagten ihm nicht einmal warum. Die Turnschuhe hatte er schon vor vier Wochen gestohlen. Das konnte es also nun wirklich nicht sein. Walter streckte den Hals, um einen Blick nach draußen zu erhaschen. Das türkisfarbige Sonnenschutzsegel vor dem Fenster ließ nur einen Blick an der Ampel vorbei auf die Straßenkreuzung und die gegenüberliegende Shelltankstelle zu. Er beobachtete die vorbeifahrenden Autos eine Weile. Die Zeit schien endlos. Der quälende Durst ließ Walters Zunge schließlich am Gaumen kleben. Zweimal hatte er einen der Männer ansprechen wollen, aber sein Stolz ließ seine Zunge da, wo sie klebte. Schließlich hockte er sich wieder neben die Heizung. Der Officer, der ihm gegenüber am Schreibtisch saß, sah ab und an zu ihm und nickte ihm lächelnd zu. Walter ignorierte das. Mit geneigtem Kopf beobachtete er allerdings alles und jeden aufmerksam durch die langen Strähnen seines zerzausten Haares, das ihm bis zum Kinn reichte. Seine Hoffnungen schienen zu schwinden. *Was habt ihr mit mir vor verflucht,* dachte er. *Ich habe nichts verbrochen!*

Irgendwann kam eine ältere Lady durch die Tür, gefolgt von einem jüngeren Mann im Anzug. Beide steuerten geradewegs auf ihn zu. Walters ganze Aufmerksamkeit galt ihnen. Doch er bemühte sich um Gleichgültigkeit.

„Ist er das?", fragte der Mann.

Walter blickte dem Fremden auf die Schuhe. Es waren keine Turnschuhe. Er mochte weder den Tonfall, in dem er seine Frage gestellt hatte, noch seine schwarzen Slipper.

„Ja. Darf ich vorstellen: Das ist Walter McKanzie. Walter, das ist Frank McKanzie, dein Vater."
Walter zuckte innerlich zusammen. Als er aufspringen wollte, hinderte ihn die Heizung daran und das Handgelenk, um das er die Handschellen trug, schmerzte erneut unter dem Ruck, dass er hätte aufjaulen können. Aber er biss die Zähne hart aufeinander.
„Hi Walter", sagte Frank, nur um überhaupt etwas zu sagen.
Walter schwieg. Er sah ihn nicht einmal an.
„Ich bin Mrs Cooper vom Jugendamt. Dein Großvater, Wayton Stone Horse, hat sich an mich gewandt. Willst du deinem Vater nicht guten Tag sagen, Walter?", fragte die Dame freundlich.
„Es gibt keinen Vater."
„Jeder Mensch hat einen Vater, Walter, und das hier ist deiner."
Der Junge begann den Kopf zu heben und blickte an dem fremden Mann herauf. Er musterte den Anzug, das weiße Hemd, sein skeptisches Gesicht, mit dem kaum sichtbaren Brillengestell. Die kurzen, dunklen Haare glichen einer Frisur aus einem Modemagazin und glänzten übertrieben. Dann spürte Walter plötzlich den scharfen Blick unangenehm auf seiner Haut, in der er sich nun nicht mehr wohl fühlte.
„Und?", fragte er schließlich.
„Walter. Dein Vater und auch dein Großvater haben beschlossen, dass es besser für dich ist, wenn du zu Hause wohnen würdest, die Schule besuchen und ein geregeltes Leben führst."
„Mein Leben ist geregelt!"
„Das sehe ich", meinte Frank. „Ich bringe dich nach Hause."

„Woher willst du wissen, wo mein zu Hause ist?"
Walter war wütend. Mrs Cooper hatte die Hände ineinander gefaltet. Sie atmete tief durch und hüllte sich in Schweigen.
„Hör zu Walter. Dein Großvater will dir helfen. Er hat lange nach dir gesucht. Ich werde dich zu ihm bringen. Ich glaube, bei ihm bist du in den besten Händen."
Walter schluckte seine Wut schweigend hinunter. Bis gestern war sein Leben noch völlig in Ordnung und heute tauchten plötzlich, wie aus dem Nichts, ein Vater auf, der von einem Großvater faselte, den er nicht einmal kannte. Verflucht nochmal! Wer zum Teufel hatte ihn gefragt, ob er einen Großvater wollte, der es gut mit ihm meint und einen Vater, der sich nie um ihn gekümmert hatte.
„Komm Walter. Es ist besser so."
Und wahrscheinlich die einzige Möglichkeit hier raus zu kommen und diese verdammten Handschellen los zu werden, dachte Walter und stimmte zu.
„Okay. Gehen wir", sagte Frank.
Mrs Cooper schien ehrlich überrascht von Walters rascher Vernunftsanwandlung und nickte.
Der Officer, der die ganze Zeit über am Schreibtisch gesessen hatte, stand auf gab Walter McKanzie frei.
„Passen Sie gut auf ihren Sprössling auf!", mahnte er und grinste Frank McKanzie hintergründig an.

Staff Sergeant der RCMP Ben Clifford ist nicht gerade erfreut, als in seinem District ein Mord geschieht und das ausgerechnet vier Wochen vor seiner Pensionierung. Dabei ist Hope, die kleine, verträumte Stadt in British Columbia, der wahrscheinlich friedlichste Flecken auf der Landkarte. Clifford hofft auf die Hilfe des Eingeborenen, Cody White Crow. Niemand ahnt, dass auch dieser in großer Gefahr schwebt. Killer jagen ihn, als er seinem Bruder das Land des alten Sheloquin zeigt. Sein Leben verdankt Cody schließlich Montaya Sunroad, einer Squamish Indianerin, und seinem treuen Wolfshund Mellow.

Doch ein Mörder läuft noch immer frei herum. Seltsame Dinge geschehen, die immer mehr Fragen aufwerfen. Selbst der Sheriff verstrickt sich tief in das gefährliche Netz aus Lügen und Verrat.

Kapitel 1 - Sheloquin

Es war Abend. Kühle Luft breitete sich aus. Mit der untergehenden Sonne zogen blaue Nebelschwaden in die Täler. In den Bergen lag noch Schnee, auch wenn der Frühlingsmonat Mai gerade Einzug gehalten hatte. Ein alter Mann stand auf der Veranda seines Holzblockhauses, das sich auf einer Lichtung mitten im Wald befand. Die krummen Beine des Mannes steckten in Jeans und Lederstiefeln. Fast reglos verharrte er, an die Hauswand gelehnt, und blickte über das Land. Es war sein Zuhause, mitten in der Wildnis der Rocky Mountains, oben am Isollilock Peak, südwestlich der kleinen Stadt Hope. Der Atem verflüchtigte sich mit zartem Rauch vor Mund und Nase. Es roch noch immer nach Schnee. Langsam löste er sich von der Hauswand und trat drei Schritte nach vorn. Es schien ihm schwer zu fallen. Der Alte zog das rechte Bein nach, als wollte es ihm nicht mehr gehorchen. Die rotkarierte Steppjacke hatte er geschlossen und den Fellkragen hochgeschlagen. Ganz in typischer Holzfällermanier war er gekleidet. Nur seinen Kopf hatte er nicht bedeckt, sodass sich sein eisgraues Haar kaum merklich im Wind bewegte. Der alte Mann verschränkte seine Arme und lehnte sich auf das Geländer seiner Veranda. Er musterte die Berge, den Wald und den klaren Bergsee, direkt vor seinem Haus, aufmerksam, obwohl er seit Jahrzehnten kaum etwas anderes gesehen hatte. Er kannte jeden Baum, jedes Tier und jeden Wassertropfen im See. Der schimmerte blaugrün und spiegelte seine Umgebung wider. Still war es. Der alte Mann schien nachzudenken.
Stolze dreiundachtzig Jahre zählte er. Sheloquin nannten sie ihn. Sheloquin war sein Name, seit er denken konnte.

Dass er mit Vornamen Edward hieß, wusste nur er selbst. Er hatte es in all den Jahren nicht vergessen. Aber er hatte es niemandem je erzählt. Sheloquins Land erstreckte sich so weit sein Blick reichte. Er selbst bezeichnete sich als Hüter dieses Landes und nichts anderes hatte er all die Jahre getan. Die Leute, unten in Hope, kannten und respektierten ihn, auch wenn sie ihn hin und wieder als alten, seltsamen Kauz bezeichneten. Aber selbst das taten sie mit einem freundlichen Augenzwinkern. Sheloquins Frau, eine Skwahla Indianerin, war vor zehn Jahren an einer Lungenentzündung gestorben. Er atmete tief durch und blinzelte.
Ja, es war ein schöner Tag zum Sterben.
Der alte Mann hatte alles vorbereitet. Das Land, das seit Urzeiten den Aboriginals, den Ureinwohnern, gehörte, sollte ihnen niemand wegnehmen. Mehrmals hatten die Leute vom Landmanagement versucht, es ihm abzuschwatzen. Sie hatten ihm sogar Geld geboten. Sehr viel Geld! Doch Sheloquin hatte nur darüber gelacht. Die Männer, die immer wieder bei ihm aufgetaucht waren, blieben hartnäckig. Nun hatten sie ihm gedroht. Doch der alte Mann hatte sie ignoriert. Das machte sie wütend. Sheloquin hatte weiß Gott nichts zu verlieren, gar nichts. Er war sogar bereit zu sterben und heute war ein schöner Tag, um zu seiner Frau zu gehen. Das Land, das auf seinen Namen eingetragen war, galt es zu schützen. Es war heiliges Land.
Der Alte lächelte müde.
Der Geruch des Zedernholzes lag in der feuchten Luft. Ein paar Wildgänse flatterten schreiend vom Ufer des Sees auf und flogen in westliche Richtung davon. Die Dämmerung zog aus den Tälern hinauf in die Berge und mit ihnen die blauen Nebelschwaden. Sheloquins Herz

schlug schneller, als er das verräterische Knacken von Zweigen hörte. Sie waren also da. Langsam wandte er sich um, als im selben Augenblick drei Männer auftauchten.
»Guten Abend«, grüßte der Erste.
»Wo ist die Besitzurkunde?«, fragte der Zweite.
Sheloquin musterte die Kerle und schwieg. Ihm war bewusst, in welcher Absicht sie gekommen waren. Und es war ihm nicht entgangen, dass sie bewaffnet waren.
»Die Besitzurkunde, alter Mann, und dir passiert nichts«, sprach nun der dritte Mann, dessen frostige Stimme einen eisigen Schauer über Sheloquins Rücken kriechen ließ. Unwillkürlich begann er zu zittern. Er spürte die Angst, die nach ihm griff. Aber er antwortete mit fester Stimme. »Niemals!«
Der zuletzt gesprochen hatte, gab den anderen beiden Männern ein Zeichen. Die betraten das Blockhaus. Sie schienen zu suchen. Sheloquin hörte das dumpfe Knallen von Türen. Glas zerbrach. Er hörte Schubkästen zu Boden fallen und Flüche. Der Mann, der mit Sheloquin draußen auf der Veranda geblieben war, war einen ganzen Kopf größer als er. In aller Ruhe zündete der sich eine Zigarette an. Sheloquin kannte den Mann, der ihm schon mehrmals gedroht hatte. Er hieß Harris Shore und behauptete, aus Vancouver zu stammen. Er hatte auch behauptet, für den Coquihalla Canyon Provinzialpark in Hope zu arbeiten. Aber das stimmte nicht. Sheloquin kannte die Leute. Shore hatte gelogen! Der alte Mann verzog die Mundwinkel.
Nach etwa einer halben Stunde meldeten sich die beiden Männer, dass sie nichts gefunden hätten. Nicht mal einen Pass oder eine Geburtsurkunde. Keinerlei Papiere, die zu verwerten wären, und keine Landbesitzurkunde.

Wütend griffen sie den alten Mann bei den Armen und zerrten ihn in sein Haus. Dort hatten diese Männer innerhalb kürzester Zeit ein Chaos angerichtet, dass kaum ein Möbelstück heil geblieben war. Selbst die Vorhänge an den Fenstern waren ihrer Wut nicht entkommen. Nun richtete sich diese Wut gegen den Alten. Shore hob einen Stuhl auf und befahl Sheloquin, sich zu setzen. Der hatte keine andere Wahl, wurde er doch von einem der Männer mit aller Kraft darauf gedrückt. Sheloquin wurde heiß. Er spürte die kräftigen Pranken an seiner Schulter, die ihn am Aufstehen hinderten. Schmerzhaft bohrten sie sich in sein Fleisch, dass er hätte aufschreien können. Shore hielt ihm ein Foto hin, von dem ein junges Paar lächelte.

»Deine Erben?«, fragte Shore. Er blickte wie ein Fuchs, der seine Beute im Fang hatte, auf den Alten herab.

Sheloquin schoss das Blut heiß durch die Adern. Er war wütend auf sich selbst. Er hätte das Foto vernichten sollen, solange noch Zeit dafür gewesen war.

»Nein«, brummte Sheloquin.

Shore lächelte. »So? Wer dann?«

Stille.

»Sie scheinen dir sehr viel zu bedeuten. Richtig?«

Sheloquin schwieg.

»Keine Sorge, Sheloquin. Ich werde die beiden finden. Die kleine Squaw ist übrigens verdammt hübsch. Es wird mir nicht schwer fallen, ihr meinen Gewehrlauf zwischen die Beine zu schieben«, grinste Shore.

»Sie wird dir die Augen auskratzten und deine stinkenden Eier an die Geier verfüttern«, krächzte Sheloquin.

»Wo hast du die Besitzurkunde versteckt?«, fragte Harris Shore in einem gefährlich ruhigem Ton.

Sheloquin antwortete nicht.

»Gut. Wie du willst, alter Mann«, zischte Shore und verschränkte die Arme.
Seine hellgrauen Augen funkelten Sheloquin drohend an. Lässig lehnte sich Shore gegen die Überreste eines Schrankes und nickte seinen beiden Begleitern zu. Der eine griff nach der Hand des alten Mannes und brach ihm, mit einem hörbaren Knacken, zunächst den kleinen Finger. Sheloquin schrie auf. Ihm wurde speiübel.
»Was meinst du, wie oft ich meine Frage wiederholen kann, Sheloquin?«, fragte Shore kühl.
Sheloquin rang nach Luft.
»Ihr Geier werdet dieses Land niemals besitzen. Sag das deinem Auftraggeber, Shore«, stöhnte der alte Mann.
Der Angesprochene schüttelte verärgert den Kopf. Dann nickte er ein zweites Mal. Wieder knackte ein Fingerknochen unter dem Schrei des alten Mannes.
»Ist es das wert?«, fragte Shore schließlich.
»Du verfluchter Bastard!«, schrie Sheloquin heißer.
Er zitterte vor Erregung. Die Angst, die nach ihm gegriffen hatte, nahm ihn nun vollkommen in Besitz. Eine Angst, die er so noch nie gespürt hatte. Unweigerlich hatten sich seine Augen mit Wasser gefüllt. Sheloquin sah alles nur noch verschwommen. Er schniefte. Die Schmerzen waren kaum mehr zu ertragen. Er betete um Erlösung. Er wusste, dass er sterben würde.
»Wo - ist - die - Urkunde?«, fragte Shore, jedes Wort einzeln betonend.
Sheloquin spuckte auf den Boden, in die Richtung, aus der die Stimme kam. Shore verzog das Gesicht zu einer furchtbaren Fratze. Dann stieß er sich von dem Schrank ab. Ohne ein weiteres Wort zog er seine Pistole und zerschoss dem alten Mann, der auf dem Stuhl saß, die Knie. Sheloquin hörte seine eigenen, heißeren Schreie.

Er konnte es nicht verhindern. Schweißperlen sammelten sich auf seiner Stirn. Die Schmerzen überwältigten ihn. Sheloquin drohte vom Stuhl zu kippen. Die Pranken, die sich in seiner Schulter festgebohrt hatten, hinderten ihn daran. Das Blut lief zu Boden. Sie marterten ihn. Sie verstümmelten ihn. Sie verbrannten ihn, gemeinsam mit seinem Haus. Aber sie fanden nicht, was sie suchten.

Die Nacht hatte längst Einzug gehalten und das Feuer musste kilometerweit zu sehen sein. Der Geruch des Rauches lag über dem Land und der Wind trieb ihn langsam südostwärts. Doch im Umkreis von fünfzig Kilometern wohnte hier niemand.

Der anbrechende Morgen offenbarte die verkohlten Reste von Holzbalken und Asche. Niemand würde den alten Mann so schnell vermissen, bis auch die letzten Spuren der Nacht verwischt waren.

Rita Hurtig ist jung, ledig und gutaussehend. Der Krankenschwester passiert in ihrem Nachtdienst etwas Unglaubliches!
Der fremde junge Mann, der mit einer Schussverletzung bei ihr auf der Unfallstation landet, trägt eine Waffe bei sich und zwar eine Echte! Seine Augen wirken ehrlich, als er Schwester Rita eindringlich um Hilfe bittet. Am Morgen darauf flüchten die Beiden aus der Klinik und verlassen die Stadt in einem gestohlenen Auto.
Doch dann erfährt Rita, dass dieser Mann bereits vor zwei Jahren tödlich verunglückte...

Kapitel 1 - Nachtdienst

… Leise öffnete Rita die Tür zur Personaltoilette. Es war höchste Zeit. In ihrer Eile stolperte sie über etwas und schrie erschrocken auf. Patient Brenner lag reglos, zwischen dem WC und der Tür, auf dem Boden. Er schien bewusstlos zu sein. Die Infusion hatte er sich selbst entfernt, die Kanüle einfach herausgezogen. Das Blut war über den Arm gelaufen, auf den Boden getropft und bereits angetrocknet.
„Mein Gott! Was machen Sie da für Sachen!", fauchte Rita, während sie sich zu ihm kniete.
Anne erschien in der Tür.
„Was ist passiert?"
„Sieht aus wie ein Kreislaufkollaps. Hilf mir!"
„Wie kommt der denn hier rein?", wunderte sich Anne.
„Sieht tatsächlich nach Flucht aus", flüsterte Rita.
Was immer sich der Mann dabei gedacht hatte, geistig verwirrt war er Rita vorhin eigentlich nicht erschienen. Doch manchmal hatten Narkosemittel seltsame Nachwirkungen. Rita gab Anne kurz Anweisung und rettete sich zunächst auf eine andere Toilette. Als sie zurück kam, blinzelte der junge Mann um sich.
„Kein Wunder. Der Blutdruck ist am Boden. Zu viel Blut verloren und die Flüssigkeitszufuhr gekappt. Das war keine so gute Idee, Herr Brenner", sagte Anne.
„Haben Sie Schmerzen?", fragte Rita.
Brenner stöhnte nur leise. Sie säuberte seinen blutigen Arm.
„Das wird mit Sicherheit schön blau."
Brenner bewegte die Lippen. „Scheiße", sagte er kaum hörbar. „Sie sind hier. Sie suchen mich."
Rita blickte Brenner fragend an.

„Zwei Polizisten, ja. Jemand hat auf Sie geschossen! Das muss aufgeklärt werden. Und Sie müssen dringend zurück in Ihr Bett. Ich muss den dienst-habenden Arzt rufen, damit er eine neue Infusion legt, wenn sie überleben wollen", lächelte Rita.
Brenner schüttelte entschieden den Kopf. „Ich muss weg hier, wenn ich überleben will! Helfen Sie mir auf."
Rita und Anne taten ihr Bestes. Brenner entwickelte erstaunliche Kräfte. Erschöpft saß er auf dem Toilettendeckel und lehnte mit dem Rücken an der Wand. Dann schloss er die Augen und atmete mehrmals tief durch.
„So, wie es im Augenblick aussieht, kommen Sie allein nirgendwo hin."
Es klingelte. Anne machte sich auf den Weg zu dem Patientenzimmer.
„Wohin haben Sie sie getan?"
„Wen?"
„Meine Pistole", sagte er leise.
„Ach du meine Güte! Die hab` ich ja total vergessen."
Rita schlug sich mit der flachen Hand gegen die Stirn. Brenner zog die Schwester mit einem unerwartet kräftigen Ruck zu sich heran.
„Wo ist sie?", zischte Brenner, während er Rita eindringlich anblickte.
„In... in... der Blumenvase", stammelte Rita.
Brenner zog die Augenbrauen zusammen. „Mit sowas scherzt man nicht, verdammt! Geben Sie sie mir!"
„Ich bin mir nicht ganz sicher, ob das eine gute Idee ist, wenn Sie..." Rita vollendete den Satz nicht.
„Aber ich bin mir sicher", zischte Brenner.
„Bitte!"
„Wer sind Sie? Woher will ich wissen, dass Sie kein

Verbrecher, Dieb oder Mörder sind? Vielleicht erschießen Sie mich am Ende noch mit dem Ding?", zweifelte Rita.
Brenner verzog die Mundwinkel und grinste spöttisch.
„Wohl zu viele Krimis gesehen?"
„Wer sind Sie?", fragte Rita ernst.
„Martin Brenner, achtundzwanzig und ich stehe im Dienst der Polizei."
Rita stellte sich aufrecht und entzog sich seinem Griff und verschränkte demonstrativ die Arme.
„Sie haben keinen Dienstausweis bei sich."
„Der liegt zu Hause."
Wieder wollte Rita gehen und wieder griff Brenner nach ihrem Handgelenk.
„Sie unterstehen doch der Schweigepflicht?", fragte er.
Rita starrte ihn verwundert an.
Er wartete vergebens auf eine Antwort.
„Sie sind die Einzige, Rita, die mir helfen kann. Sie haben ja selbst gesehen, dass ich allein nicht weit komme. Ich werde alles, nur nicht schlafen diese Nacht."
„Was wollen Sie von mir?"
„Bringen Sie mich raus hier!"
Rita verdrehte die Augen und atmete hörbar tief ein.
„Das geht nicht so einfach, wie Sie sich das denken! Ich habe die Verantwortung. Das kostet mich meinen Job!"
„Und mich mein Leben", entgegnete Brenner mit rauer Stimme.
Rita musterte Brenner erstaunt, als sie fragte: „Lesen Sie etwa auch Krimis?"
„Nein."
Dieses *Nein* jagte ihr einen frostigen Schauer über den Rücken. Der Mann flunkerte nicht! Rita atmete tief durch und sah in seine Augen. Eine Mischung aus Angst und

Hoffnung lag in seinem Blick. Nein, keine Lüge. Lange sahen sie sich schweigend an. Ritas Gedanken arbeiteten. Er wartete.
Sie räusperte sich. „Warten Sie hier. In ein paar Minuten bin ich zurück."
Brenner antwortete nicht, aber er ließ ihr Handgelenk los. Rita ging.
Rita schaffte es tatsächlich, Klaus zu überreden, ihr zu helfen. Obwohl der möglicherweise nicht alles verstanden hatte, was Rita ihm in aller Eile erklärte, stellte er vorläufig sein Bereitschaftszimmer zur Verfügung und half ihr, den eigenartigen Patienten dorthin zu bugsieren. Zumindest waren sich beide darin einig, im Augenblick eine vertretbare Entscheidung getroffen zu haben. Morgen würde sich bestimmt alles aufklären. Davon waren beide über-zeugt.

„Ich mixe Ihnen einen Cocktail. Schlaf ist die beste Medizin. Vielleicht sollte ich Ihnen beim Ausziehen helfen. Sie müssen nicht in ihren Sachen hier schlafen", sagte Rita, als sie mit Brenner allein war.
„Nein!", entgegnete er entschieden. „Das geht schon."
Rita grinste, während ihr Blick über seine verwaschene Jeans glitt. Selbst Strümpfe und Schuhe hatte er an.
„Die Schuhe vielleicht?", fragte Rita.
„Später."
Sie schüttelte verständnislos den Kopf. Seine Unruhe, sein Misstrauen und eine Spur Angst waren geblieben. Rita wandte sich zum Gehen, doch Brenner hielt sie am Handgelenk zurück. Ein Lächeln huschte über sein Gesicht.
„Was?", fauchte sie.
„Danke, Rita."

Sie seufzte und ging.

„Alles in Ordnung?", fragte Rita, als sie Anne im Dienstzimmer antraf.
„Ja, alles okay Boss. Der zukünftige Doktor Müller sitzt auf seinem Posten und strickt."
„Er macht was?"
„Er strickt einen Schal. Wirklich! Zwei rechts, zwei links."
Rita lachte und öffnete den Medizinschrank.
„Unser Sturzflieger hat Kopfschmerzen. Ich bringe ihm was. Waren die zwei Typen noch mal hier?"
„Nein, zum Glück nicht. Okay. Ich mache dann mal Anwesenheitskontrolle", meinte Anne müde.
„Perfekt."
Rita wartete, bis Anne verschwunden war. Rasch schnappte sie sich die Blumenvase und sprang damit um die Ecke. Zwei fremde Männer steuerten auf das Dienstzimmer zu. Rita hielt die Luft an und stellte sofort die Vase zurück. Sie hatte keine Chance, unbemerkt an den Männern vorbei zu kommen. Es war zumindest nicht dieser Wolf mit seinem Begleiter. Der Mann hatte graues Haar und einen ebenso grauen Schnauzer. Er war nicht wesentlich größer als Rita und wirkte mager. Wache Augen blickten freundlich durch seine Brille. Er stellte sich mit dem Namen Schneider vor. Natürlich fragte er sofort nach Brenner. Schneider wies sich als Polizist aus. Diesmal sah sich Rita den Dienstausweis genauer an. Dann erzählte sie, dass bereits zwei Kollegen hier gewesen waren. Rita bemerkte Schneiders Unbehagen. Als sie ihm auch noch erzählte, dass die beiden Polizisten bereits überall im Gebäude nach Brenner suchen, nahm Schneider sein Telefon und ging ein Stück weiter. Rita konnte nicht verstehen, was er sagte. Der andere Mann,

der mit Schneider gekommen war, stellte weitere Fragen.
„Wo ist Brenner jetzt?"
„Spurlos verschwunden. Vielleicht hat er sich in Luft aufgelöst. Ich weiß es nicht! Er hat sich nicht bei mir abgemeldet", antwortete Rita schnippisch.
Schneider lächelte charmant und nickte.
„Gut", meinte er dann zufrieden. „Brenner hat seine Verletzungen nicht überlebt. Geben Sie niemanden Informationen über ihn. Absolut niemandem, auch wenn sie sich als Beamte ausweisen. Brenner ist tot und das ist besser so für ihn." Schneider blickte Rita eindringlich an. Er schien auf eine Antwort zu warten.
„Oh… okay…", entgegnete Rita irritiert. Sie wagte nicht zu widersprechen. Sie wagte überhaupt nicht mehr, etwas zu sagen. Das war besser so für sie. Unzählige Gedanken schwirrten wirr durch ihren Kopf. Vergeblich versuchte Rita sie zu ordnen. Der Kopf begann plötzlich zu schmerzen. Die Männer gingen.
Ritas Fragen blieben.

Minuten später schlug Rita Hurtig die Tür hinter sich zu. Brenners Blick richtete sich sofort zu ihr. Sie gab ihm die Schmerztropfen und stellte die Vase ab.
„Nehmen Sie das bitte", sagte sie sporadisch.
„Was ist das?"
„Diese Tropfen werden Ihren Kreislauf stabilisieren. Dann geht es Ihnen gleich besser."
„Und das soll ich Ihnen glauben?"
Rita lächelte, als sie spitzfindig antwortete: „Ich bin die Einzige die Ihnen helfen kann und ich bin gerade im Begriff, Ihnen zu glauben."
„Kein Schlafmittel?"

„Kein Schlafmittel. Mit diesen Wundertropfen werden Sie vielleicht in zehn Minuten Tango tanzen können."
„Und wenn vielleicht nicht?"
„Misstrauen oder Angst?"
Brenner verzog die Mundwinkel zu einem Lächeln. „Beides."
„Wissen Sie, wer auf Sie geschossen hat?"
„Nein."
Er nahm das Medizingläschen, schluckte die Tropfen und verzog angewidert das Gesicht. „Pfui."
Rita nahm ihm das leere Gläschen ab. Dann nahm sie die Blumenvase in die Hände. Vorsichtig ließ sie den Inhalt auf die Bettdecke gleiten.
„Stecken Sie sie ein. Ich möchte sie nicht anfassen."
„Misstrauen oder Angst?"
Rita lachte leise. „Vorsicht."
Brenner schmunzelte, nahm die Pistole an sich und ließ sie unter der Decke verschwinden.
„Ich muss schleunigst verschwinden. Sie wissen, dass ich hier bin", sagte er.
„Wäre es nicht eher sinnvoll, wenn ich Ihre Kollegen bitte, jemanden zu Ihrem Schutz zu schicken."
„Hm", machte Brenner geringschätzig. „Sie wollen mir einen Dackel vor die Tür setzen lassen, wenn ein Rudel Wölfe im Anmarsch ist?"
„Also wissen Sie ja doch, wer auf Sie geschossen hat!", zischte Rita.
„Ich weiß, mit wem ich es zu tun habe. Das genügt."
Rita atmete tief durch. „Hätte ich mich bloß nicht breitschlagen lassen, noch eine Nacht dranzuhängen", brummte sie. Sie verschwieg, dass Schneider nach ihm gefragt hatte und was er gesagt hatte. Rita war ärgerlich, weil niemand ihre Fragen beantworte.

Brenner musterte Rita schweigend. Sie hatte es bemerkt. Eine Mischung aus Angst und Enttäuschung spiegelte sich darin wider. Dann senkte er den Blick und presste die Lippen aufeinander.

„Hier sind Sie in Sicherheit. Zumindest diese Nacht. In den OP Bereich kommt wirklich niemand rein. Sie sollten unbedingt schlafen, damit Sie wieder zu Kräften kommen", sagte Rita schließlich in die Stille.

„Sie haben viel für mich getan, Rita. Mehr, als ich erwarten konnte. Danke", entgegnete er leise.

Die Stimme des jungen Mannes klang so, als hätte er mit sich abgeschlossen. Das jagte Rita Angst ein. Sie wollte nicht, dass er ermordet wird. Brenner sah ihr fest in die Augen. Sie konnte sich seinem Blick einfach nicht entziehen. Er war stärker, als sie sich eingestand.

„Okay. Ich nehme Sie nach Dienstende mit", versprach Rita.

Sie erschrak über ihre eigenen Worte.

Werde ich das wirklich tun können?

Sie sprang unvermittelt auf und ging eilig aus dem Zimmer.

Auf was habe ich mich nur wieder eingelassen?

Rita seufzte tief.

Er fährt illegale Autorennen, trinkt Brandy und raucht Gras. Ryan Black Hawk ist der King, mit allen Wassern gewaschen und die jungen Frauen liegen ihm zu Füßen. Doch als eines Nachts zwei seiner Freunde tödlich verunglücken, wendet sich das Blatt.
Die Liebe Samantha Crying Crows gibt ihm die Kraft, für seine Ranch und die Pferde zu kämpfen. Der neue Weg des Indian Cowboy ist hart, steinig und weit.

Die Nacht der Wölfe - Vorspann

Wie eine Laterne schickte der runde Mond sein kühles Licht über das Land. Schwarze Wolken zogen vorbei und ließen gespenstische Schatten über die Grasebene wandern. Der Nordwind blies rau über das Land. Der Atem des Nordpols trieb winzige Eiskristalle bis tief in den mittleren Westen, in die Great Plains. Die fast baumlosen Grasebenen boten ihm keinen Einhalt. In einem der Täler fanden die Menschen Schutz. Das alte Holzblockhaus hatte seit mehr als siebzig Jahren Sturm, Kälte und Regen getrotzt. Verwitterung hatte daran genagt. Doch das Haus war standhaft geblieben. Am Hang hinter dem Haus knarrten einige Kiefern. Sie wirkten wie schwarze Riesen und trotzen dem Sturm, aufrecht und schief. In einem Bachlauf, der das Tal durchfloss, reflektierte sich glitzernd das Mondlicht. Dicht gedrängt standen fünf Pferdekörper zusammen und dösten im Stehen. Unweit davon stoben feine, weiße Eiskristalle über einen Rappenhengst. Der hatte den Kopf gesenkt und dem eisigen Wind sein Hinterteil zugewandt. Der Wind sang sein monotones Lied durch die Nacht, als wollte er alles damit einschläfern. Selbst die Kojoten waren verstummt. Die Geschöpfe der Finsternis schienen einen schützenden Unterschlupf gefunden zu haben. Motorengeräusch mischte sich unsanft in den trügerischen Sound. Zunehmend lauter werdend kam ein alter Buick über den Schotterweg, der zum Tal führte. Vor der Veranda des Holzhauses stoppte der. Zwei junge Männer stiegen aus und zogen einen dritten aus dem Wageninneren. Sie schleiften ihn zur Verandatreppe hinauf. Dann stellten sie ihn vor der Tür ab. Schwankend lehnte der sich dagegen. Das weiße

Hemd war aus der Hose gerutscht. Sein langes, schwarzes Haar war durcheinander. Der Wind spielte damit. Einer der Männer hing der schwankenden Gestalt eine mit Fell gefütterte Jeansjacke über die Schulter und klopfte mit der Hand darauf. „Halt die Ohren steif Kumpel", sprach er. Die Zunge gehorchte ihm kaum. Der Kerl kicherte. „Verschwindet schon!", lallte der Bursche, der an der Tür lehnte um nicht umzufallen und hob die rechte Hand zum Gruß. „Danke Scott." Die beiden jungen Männer rissen sich zusammen und wankten geradewegs zu ihrem Wagen. Die durchdrehenden Räder des Buicks schleuderten Dreck und Steinchen auf. Der Wagen wendete mit rasantem Tempo und sprintete davon, als befürchte er, verfolgt zu werden. Das Fauchen des Windes verschluckte das Motorengeräusch schließlich.

Langsam verblassten die Sterne in der Morgendämmerung. Mehrmals strich sich der junge Indianer das Haar aus dem Gesicht, atmete tief durch und versuchte die Tür zu öffnen. Mit einem Ruck wurde sie plötzlich aufgerissen, sodass der Kerl in das Haus stolperte. Ein großer Mann von kräftiger Statur fing ihn mit den Armen auf. Er hatte langes Haar, das in der Mitte gescheitelt und in zwei Zöpfe geflochten war. Es schimmerte Silbergrau. „N`abend Vater", lallte der junge Mann verdutzt, obwohl es längst hätte *Guten Morgen* heißen müssen. Das Gesicht des Angesprochenen schien versteinert zu sein. Mit keiner Regung gab er seine Gedanken preis. Er antwortete seinem Sohn auch nicht. Dennoch unterdrückte er seine Wut mit Mühe. Mit hartem Griff packte er sein eigen Fleisch und Blut. Dann schleifte er den betrunkenen Sohn hinter sich her, zur

Tür hinaus. Die Jeansjacke blieb am Boden liegen. Der Sechzehnjährige machte keine Anstalten sich dagegen zu wehren. Auch er gab keinen Laut von sich. Erst als ihn der Vater zum Bachlauf geschleift hatte und seinen Kopf unter das eisige Wasser drückte, begann er sich zu wehren. Vergeblich. Der feste Griff seines Vaters ließ nicht nach. Lange hielt er den Sohn, bis er glaubte, dessen Widerstand würde nachlassen. Dann zog er ihn hoch. Die Pferde hatten die Köpfe gehoben und beobachteten das Geschehen. Der junge Mann schnappte keuchend nach Luft, bevor er sich kurzerhand wieder unter Wasser fand. Seine Sinne waren plötzlich hellwach und er realisierte, was mit ihm geschah. Als der Vater ihn wieder am Genick aus dem Wasser zog, hatte er sich verschluckt und hustete erstickend. Kein Wort hätte er herausbringen können. Wieder spürte er seinen Kopf, seinen ganzen Oberkörper unter den Fluten des Bachlaufes. Die sanfte Strömung spielte mit seinem Haar, als wollte sie es fortschwämmen.

„John! Lass ihn am Leben. John! Hör auf damit! Du wirst deinen Sohn noch umbringen!", rief eine weibliche Stimme. Sie klang verzweifelt.

John zog den scheinbar leblosen Körper aus dem Wasser und ließ ihn am Ufer liegen. Ein leises Röcheln war das einzige Lebenszeichen seines Sohnes. Noch immer sprach John nicht. Aber sein Gesicht verzog sich, als hätte ihm jemand in sein Herz gestochen. Er wandte sich ab von seinem ältesten Sohn, ging wortlos an seiner Frau vorbei in das Haus und lehnte die Tür an.

Die fortschreitende Morgendämmerung ließ die Sterne ganz verblassen. Nur die gelbweiße Mondscheibe und der Morgenstern standen am Firmament. Feine Eiskristalle schwebten sanft auf dem scheinbar leblosen

Körper, der dem Willen seines Besitzers nicht gehorchen wollte. Die Glieder waren steif vor Kälte, die Muskeln schwach und der Kopf wollte zerspringen. Alles ringsum drehte sich. Mit dem Schwindel kam die Übelkeit wie eine Übermacht, die sich nicht mehr bändigen, nicht beherrschen und nicht mehr unterdrücken ließ. Mit letzter Kraft stützte sich der Sechzehnjährige auf die Hände und übergab sich. Dann robbte er zum Bachlauf, um sich den Mund mit klarem Wasser auszuspülen. Das nasse Hemd klebte an seiner Haut. Erst jetzt spürte er die Kälte, die an ihm herauf kroch. Unwillkürlich begann sein Körper zu zittern. Seine innere Stimme zwang ihn *Steh auf! Steh endlich auf!*
Er versuchte es.
Kriechend bewegte er sich voran, dann kam er schließlich schwankend auf seine eigenen Füße und taumelte zum Haus. Erst als er die Treppe zur Veranda erreicht hatte, bemerkte er die Frau, die dort stand, in eine Wolldecke eingehüllt. Der besorgte Blick seiner Mutter traf den seinen. Er wich ihrem Blick beschämt aus und ging hinein. Sie folgte ihm schweigend und schloss die Tür.

Die Sonne stand bereits hoch am Himmel, als ein Polizeijeep der Stammespolizei den Schotterweg in das Tal gefahren kam. Dann stoppte der vor dem Holzhaus. Ein Officer stieg aus und pochte an die Haustür. Der Hausherr öffnete.
„Hau, John Black Hawk. Ist dein Sohn zu Hause?", fragte der Officer mit einer Spur Besorgnis. Eine tiefe Furche grub sich über die Nasenwurzel des Mannes, der etwa in Johns Alter sein konnte.
„Ich habe drei Söhne. Welchen meinst du?", fragte John

unberührt.

„Deinen ältesten Sohn. Ryan."

„Hat er wieder was angestellt?"

„Heute Morgen gab es einen schweren Unfall, hier ganz in der Nähe. Ein Betrunkener hat einen anderen Wagen gerammt. Der alte Buick hat sich mehrmals überschlagen, ist in Flammen aufgegangen und total ausgebrannt. Er gehörte Scott Waci Tate. Mit ihm wurde Ryan das letzte Mal gesehen, gestern Abend. In dem Wrack des Wagens wurden zwei verkohlte menschliche Überreste gefunden. Wer noch mit Scott im Wagen war, wissen wir noch nicht. Aber wir haben eine Gürtelschnalle gefunden, die zu deinem ältesten Sohn gehören könnte..."

Dann schwieg der Officer abwartend.

„Was haben sie verbrochen?"

„Sie haben sich illegale Autorennen geliefert, sturzbetrunken gefahren und mit Sicherheit waren auch Drogen mit im Spiel. Zumindest haben sie Gras geraucht. Tja, leider. Bedauerlich, dass die Burschen nicht zur Vernunft zu bringen sind. Nun haben es wieder zwei mit ihrem Leben bezahlen müssen."

John nickte.

„Sie haben Ryan in der Morgendämmerung vor der Tür abgestellt und sind weggefahren. Er liegt oben im Bett und schläft seinen Rausch aus."

„Wer war mit Scott im Wagen?"

„Ich kenne die Saufkumpane meines ...", John zögerte bevor er weitersprach: „...meines Sohnes nicht. Frage ihn."

Der Officer nickte, trat ein und stieg die Treppe hinauf. Mit der Faust schlug er gegen die Zimmertür. Da keine Antwort kam, stieß er sie auf und zog die Decke vom

Bett. Der Bengel lag wie tot darauf, nur mit einer schwarzen Boxershort bekleidet. Erst als ihn der Officer unsanft rüttelte, blinzelte Ryan. Mit fragendem Blick sah er sich um, als wüsste er nicht, wo er war.

„Du hast dich ja wieder ganz schön zugedröhnt. Drogen auch?"

Ryan stieß verächtlich die Luft durch die Lippen und schloss die Augen wieder.

„Bist du gestern mit Scott gefahren?"

Ryan antwortete nicht.

„Scott hat dich betrunken nach Hause gebracht. Feiner Zug von deinem Kumpel, der einem Minderjährigen Brandy und schlechtes Gras besorgt. Wer war der andere in Scotts Wagen?"

Ryan schwieg. Er hatte die Augen wieder einen Spalt breit geöffnet. Sein Blick ging auf seine eigene, nackte Brust und die Mundwinkel verzogen sich trotzig nach unten.

„Gut. Dann will ich dir sagen, dass deine beiden Freunde einen schweren Unfall verursacht haben. Heute Morgen sind sie in Scotts Wagen verbrannt. Zwei verkohlte Überreste im Wrack. Du hattest mehr Beistand als Verstand."

Ryan schnippte vom Bett hoch und schien plötzlich hellwach zu sein.

„War Scott genauso zu wie du?", fragte der Officer.

„Scott hat immer mehr vertragen als ich", antwortete Ryan mit schwerer Zunge.

„Scott war einundzwanzig, du bist erst sechzehn!"

Ryan schwieg.

„Wer saß neben Scott?"

„Weiß nicht."

„Du könntest uns eine Menge Arbeit ersparen, Ryan." Der Officer atmete tief durch, bevor er weitersprach.

„Vielleicht können wir ihn identifizieren. Eine Analyse ist zu teuer für einen, der von niemanden vermisst wird."
Ryan nickte.
„Ich kann mich an nichts mehr erinnern."
„Denk nach, Ryan!"
Ryan stützte den noch immer viel zu schweren Kopf auf seine Hände. Dann schüttelte er ihn ganz langsam.
„Nein. Ich weiß nichts mehr. Absolut gar nichts."

„Wenn du mal einen beschissenen Job brauchst, den keiner machen will, dann melde dich bei mir", sagt ausgerechnet ein FBI Agent zu Ryan Black Hawk.
„Ich arbeite nicht für das FBI!"
„Nicht für das FBI. Für mich."
Als Ryan unehrenhaft aus der US Air Force entlassen wird, bleibt ihm keine andere Wahl. Zu Fuß macht er sich auf den Weg in eine ungewisse und gefährliche Zukunft.
Als er der geheimnisvollen Keshia begegnet, soll sich alles ändern. Fast vergessene Gefühle verzaubern die beiden jungen Menschen.
Doch dann kommt alles anders.

Kapitel 3 - Keshia

Das Klingeln des Telefons riss Ryan Black Hawk aus dem Tiefschlaf. Benommen tastete er auf dem Nachtschrank herum und nahm das Gespräch an.
„Hallo, Ryan! Baxter hier. Wie geht es dir heute?"
Baxters Stimme dröhnte in Ryans Kopf.
„Es geht", murmelte er kaum verständlich in das Telefon.
„Vielleicht solltest du doch besser zu einem Arzt gehen."
„Es ist nur eine Erkältung."
Ryan konnte den Husten nicht unterdrücken. Baxters Kopfschütteln konnte er nicht sehen.
„Wo steckst du gerade?"
„Bei Sam."
„Es hört sich so an, als hätte ich dich geweckt. Sorry. Hast du gerade geschlafen?"
„Ja, hatte ich."
„Du hast vollkommen Recht. Schlaf ist das Beste für dich im Augenblick. Kann ich irgendetwas für dich tun? Ich würde ja kommen, aber ich bin mir nicht sicher, ob Sam seinen Claim neu vermint hat oder eine neue Selbstschussanlage im Hinterhalt auf mich wartet."
Ryans Lachen ging wieder in einen quälenden Husten über. „Schon gut. Mich wirst du morgen auch nicht mehr hier antreffen. Ich habe einen Auftrag."
„Was! Du spinnst! Du gehörst ins Bett! Willst du dich mit aller Macht umbringen?", vernahm Ryan Baxters wütende Stimme und stöhnte.
„Morgen früh wird es besser sein."
„Da wäre ich mir nicht so sicher. Du krunkst schon seit Tagen herum, als hättest du die Schwindsucht am Hals."
„Ich fahre morgen früh zur Northern Cheyenne Reservation. Ich hole mir nur den Cheyenne, liefere ihn ab und

lege mich wieder in mein Bett."
„Ruf ihn doch an. Vielleicht meldet er sich bei dir", grunzte Baxter. Wieder hustete Ryan in das Telefon, bevor er antwortete.
„Mache ich. Hast du seine Telefonnummer?"
„Nein, aber ich kann es ja mal bei der Auskunft versuchen oder beim Häuptling. Wie heißt der Kerl?"
„Black Snake."
„Schwarze Schlange? Das klingt verdammt gefährlich! Ich hasse Schlangen. Ryan?"
„Ja."
„Melde dich!"
„Okay, Bax. Bis später."
„Bye kleiner Bruder. Halt die Ohren steif."
Ryan drückte das Handy aus und schlief sofort damit in der Hand ein. Im Halbschlaf kämpfte er gegen Morgen mit seiner Decke, in der er sich total verfangen hatte. Schweißgebadet wachte er schließlich ganz auf und wühlte sich aus dem heillosen Durcheinander. Die Hitze, die er unter den Decken empfand, wollte nicht weichen. Im Kopf hämmerte es gnadenlos und der Druck im Schädel war so unerträglich, dass Ryan glaubte, der würde jeden Augenblick platzen. Mit glasigen Augen stand er auf. Mühsam schleppte er seinen schweren Körper zu der Wasserschüssel, die auf dem Hocker stand. Sein Körper schwankte, als er mit beiden Händen das kalte Wasser in sein Gesicht und Nacken schaufelte. Es tat gut.
Ryan wusch sich komplett mit dem kalten Wasser und rubbelte mit dem Handtuch über die Haut, so das sie rot wurde. Es machte ihn wacher. Dann kleidete er sich an. Wenige Minuten später hockte er mit Sam am Frühstückstisch.

„Guten Morgen, Junge. Hast du gut geschlafen?", fragte Sam und musterte seinen Gast skeptisch.
„Ja. Wie ein Bär im Winterschlaf."
Ryan griff nach der Kaffeetasse und trank vorsichtig.
„Du solltest vielleicht etwas essen", meinte Sam, als er bemerkte, dass Ryan den Teller langsam zur Seite schob.
„Ich habe keinen Hunger", antwortete er und verschränkte die Arme dicht um seinen Körper. Er konnte Sam kaum täuschen, dass ihm fröstelte.
„Der heiße Kaffee tut gut ", sagte Sam besorgt.
Er vermied es, Ryan gute Ratschläge zu erteilen. Ryan nickte nur. Als er sich anschließend von Sam verabschiedete, blickte er in dessen sorgenvolles Gesicht.
„Ich hole mir etwas aus der Apotheke", beschwichtigte Ryan.
Der Alte nickte und lächelte.
„Tu das. Wenn du mal so alt werden willst wie ich, dann ohne diesen verfluchten Husten", meinte er mit rauer Stimme und hustete gequält. „Denn das kann ganz schön lästig werden", krächzte der Alte.
„Danke, mein Freund", sagte Ryan. Dann stieg er in die Corvette. Sam stand an der Fahrertür und schüttelte langsam den Kopf.
„Auf bald, mein Junge. Ich hoffe, du kommst schnell zur Vernunft. Das Fieber hat deinen Geist vernebelt", murmelte Sam.
Ryan ließ die Seitenscheibe herab, lächelte schwach und startete. Der alte Mann, den er im Rückspiegel erkennen konnte, blickte ihm nach.

Nach etwa drei Stunden erreichte Ryan sein Ziel. Der Kopf wollte noch immer zerspringen, aber er tat es nicht. Es war Herbst. Die Tage waren kühl und sonnig, die Nächte hingegen empfindlich kalt. Die Wälder in

Montanas Bergen zeigten sich in bunter Schönheit. Das Sonnenlicht reflektierte die Farben der Blätter und der Wind erweckte sie zum Leben, so das sie züngelnden Flammen glichen.

Ryan nahm das alles wahr, als wäre es nicht real. Lame Deer hatte er längst passiert und vor ihm tauchten einige wenige Häuser auf. Direkt an der Straße erkannte er einen Trailer, von dem die gelbe Farbe blätterte. Eine ziemlich große Werbetafel stand am Parkplatz.

Drive Inn - Jimmys Spezialitäten

Das ist perfekt, ein typisch indianischer Imbisstrailer, in den sich kaum Fremde verirrten. Dreh- und Angelpunkt von Klatsch und Tratsch, dachte Ryan.

In der Hoffnung, hier etwas über Black Snake in Erfahrung zu bringen, bog er von der Straße ab und parkte direkt vor dem Trailer. Ryan nahm die letzten zwei Aspirin aus dem Handschuhfach und schluckte sie mühsam. Mund und Kehle waren trocken, rau und schmerzten.

Da drinnen kann ich trinken.

Ryan hatte großen Durst. Seine Vorräte waren längst aufgebraucht. Er stieg aus, warf die Tür zu und ging zum Eingang. Die Buchstaben auf der Werbetafel neben der Eingangstür begannen zu tanzen und verschwammen vor seinen Augen. Ryan atmete tief durch und ging hinein. Die Luft erschien ihm stickig. Sie schnürte ihm die Kehle zu. Ryan riss sich zusammen und setzte sich an einen der vier Tische an der Fensterreihe zur Straßenseite. Während er von hier aus den Parkplatz beobachtete, packte ihn ein eisiger Schauer von Schüttelfrost. Erschrocken fuhr er herum, als ihn eine weibliche Stimme ansprach. „Hallo, was darf ich dir bringen?"

Ryan wandte den Kopf und blickte auf die schemenhafte, schlanke Gestalt, zu der die Stimme gehörte.

„Einen heißen Kaffee."

Die Stimme kicherte leise. „Okay."

Die Gestalt verschwand. Ryans Blick klarte langsam auf. Er sah sich um. Der Trailer war lang und schmal. Vier Sitzplätze gab es direkt am Tresen, gegenüber dem Eingang. Am Nachbartisch saßen sich zwei Männer gegenüber, die in ein Gespräch vertieft waren. An der gegenüberliegenden Wand hingen gemalte Bilder, so wie indianische Künstler sie Touristen zum Kauf anboten. Während sich Ryan Gedanken darüber machte, ob sich jemals ein Tourist hierher verirrt hatte, griff er unwillkürlich zur Zigarettenschachtel. In dem Augenblick brachte die Gestalt den Kaffee. „Bitte. Kann ich noch etwas für dich tun?"

Ryan vergaß die Zigaretten. Entgegen seiner indianischen Höflichkeit starrte er die junge Frau regelrecht an. Sie war hübsch und lächelte ihn herausfordernd an.

„Kennst du vielleicht Black Snake?", fragte er heißer.

„Was willst du von ihm?" Ihre Stimme klang eisig.

„Ihm helfen."

Die junge Frau lächelte mitleidig. „Ich glaube im Moment sieht es so aus, als ob du dringend Hilfe brauchst."

„Wo finde ich ihn?"

„Du kennst ihn nicht und du weißt nicht, wo du ihn findest. Woher willst du wissen, ob Black Snake deine Hilfe braucht, Fremder?"

Ryan umklammerte mit beiden Händen die Kaffeetasse und trank vorsichtig. Die eisig empfundene Kälte verwandelte sich in angenehme Wärme. Doch dann flammte Hitze durch seinen Körper, die ihn zu verbrennen drohte und ihm den Schweiß aus allen Poren

trieb. „Ich weiß es eben", murmelte er.
Seine trotzigen Worte kamen nur schwer über die Zunge. Die Hände begannen zu zittern. Er stellte die Tasse ab und versteckte seine Hände unter dem Tisch. Die junge Frau beugte sich zu ihm. „Wer bist du?"
„Cetan sapa, Lakota", antwortete er mühsam. Ryan rang nach Luft, während die Gestalt der jungen Frau vor seinen Augen verschwamm.
„Du hast ja Fieber", stellte sie fest und legte ihre Hand auf seine Stirn. Als Ryan danach griff, sackte er willenlos zusammen.
„Jimmy! Hilf mir Jimmy!", rief die Stimme der jungen Frau aus weiter Ferne.
Plötzlich war es Nacht um ihn herum. Ein lautes Klappern von Geschirr war das Letzte, was Ryan vernahm. Das Blut rauschte wie ein Wasserfall durch seinen Kopf und plötzlich war es still.

Langsam fuhr die Corvette einen schmalen Waldweg hinauf in die Berge. Vor einem Tipi stoppte sie. Zwei alte Leute, ein Mann und eine Frau, kamen zu dem fremden Wagen. Die Großeltern hatten ihre Enkelin, Keshia, erkannt. Nach einem kurzen Wortwechsel trugen sie den jungen Mann in das Zelt hinein. Auf Decken gebettet entkleiden sie ihn und bedecken ihn mit einer Baumwolldecke. Der junge Mann atmete schwer im hohen Fieber.
Irgendwann öffnete Ryan die Augen einen Spalt und blinzelte um sich. Die Hitze, die er empfand, war ihm unerträglich. Wie Feuer brannte sie in ihm. Erschöpft fiel er wieder in einen tiefen Schlaf.
Keshia kühlte den heißen Körper bis sie schließlich selbst erschöpft einschlief.

Mit der aufgehenden Sonne schlug Ryan die Augen auf und blinzelte um sich. Er wusste nicht wo er war. Seine Sinne waren verwirrt und Erinnerungen gelöscht. Auf allen Vieren kroch er zum Ausgang, hinaus in die kühle, erlösende Morgenluft. Er atmete tief durch. Der Boden unter ihm begann sich zu drehen und schwankte. Seine Glieder begannen zu zittern und versagten ihm schließlich den Dienst. Die Schwäche, die Ryans Körper beherrschte, siegte über seinen Willen.
Der alte Mann hatte das beobachtet. Er kniete sich vor den Bewusstlosen und band ihm den Arm mit einem Tuch ab. Keshia tauchte auf der anderen Seite des fremden Mannes auf, der im Gras lag. Erschrocken blickte sie ihren Großvater an.
„Nimm dir den Stock als Knebel und drehe das Tuch so fest zu, wie du kannst, Keshia."
Keshia gehorchte. Der alte Mann nahm ein Skalpell in die Hand, genauso, wie es in Krankenhäusern benutzt wurde. Er setzte es in der Armbeuge des Fiebernden an und drückte die Spitze in die prall hervorgetretene Vene. Ein leises Stöhnen war zu vernehmen und der schwache Körper zuckte reflexartig. Das Blut schoss hervor, lief herab und floss auf die Erde, die es trank. Dann lief es langsamer. Der Alte löste den Knoten und zog das Tuch weg.
Ryans Körper zitterte nicht mehr. Die Hitze schien von ihm zu weichen. Langsam kam er zu sich. Er spürte den kühlen Luftzug auf seiner Haut und schlug die Augen auf. Der alte Mann, dessen Gesicht er als erstes vor sich sah, lächelte zufrieden und nickte ihm zu. Ryans Blick wanderte weiter zum Himmel, zu den Baumwipfeln, in deren Zweigen der Wind mit den bunten Blättern spielte und blieb schließlich an der jungen Frau hängen, die auf

der anderen Seite neben ihm kniete. Sie lächelte nicht, als sich ihre Blicke trafen.

„Nèa èse. Danke", sagte er heißer.

Keshia nickte, stand auf und ging. Im selben Augenblick tauchte ein junger Mann vor Ryan auf. Gemeinsam mit dem alten Mann half er dem Lakota auf die Beine. Sie stützten ihn, als sie ihn zurück in das Zelt brachten. Erschöpft ließ sich Ryan auf die Decken gleiten. Die Wunde hatte aufgehört zu bluten. Mit geschlossenen Augen atmete er ruhig durch den offenen Mund. Erschrocken zuckte er, als ihn eine Hand an der Schulter berührte, und öffnete die Augen.

„Du musst trinken. Das Wasser ist frisch und kühl. Es wird dir gut tun." Lächelnd schob Keshia ihren Arm unter Ryans Kopf.

„Warte", sagte er und stützte sich auf seinem Ellenbogen ab. Mit der anderen Hand nahm er den Becher und trank ihn in einem Zug aus. Es strengte ihn mehr an, als er jemals hätte zugeben wollen. Dann ließ er sich wieder nach hinten fallen. „Danke."

„Ich glaube, nun hast du es überstanden, Lakota. Das Fieber ist gegangen. Du wirst mich nun nicht mehr brauchen."

Die Nebel in Ryans Erinnerung lichteten sich langsam. Er griff nach ihrer Hand und hielt sie zurück, als sie aufstehen wollte. „Wie ist dein Name?"

„Keshia."

Ryan lächelte und wiederholte leise: „Keshia. Du bist eine Medizinfrau, Keshia. Wie lange bin ich hier?"

„Seitdem du gestern Vormittag einen Kaffee bei Jimmy getrunken hast. Du hast das Bewusstsein verloren."

Ryan nickte. Er konnte sich daran erinnern.

„Bei meinen Großeltern bist du gut aufgehoben. Sie sind

tatsächlich Medizinmann und Medizinfrau", schmunzelte Keshia.

„Kommst du wieder?"

„Wenn du willst heute Abend, nach der Arbeit."

„Ich werde hier sein."

Keshia kicherte leise und verschwand.

 Ryans schwacher Körper kämpfte weiter gegen die Infektion und verlangte nach Ruhe und tiefem Schlaf. Das Fieber kehrte nicht zurück. Bis zum Abend schlief Ryan mit kurzen Unterbrechungen. Seine Träume schickten ihn immer wieder nach Hause, in das Tal, das der Bach durchfloss. Er stand am Zaun, sah die Pferde grasen und hörte sich zu Kola sprechen. Großmutter und Mutter saßen auf der Bank vor dem Haus und Andy trainierte mit seinem Schecken. Vater John kam zu ihm und bewegte die Lippen. *„Mein Herz ist bei dir"*, sagte er im Traum zu Ryan. Selbst als er die Augen aufschlug, sah er das Gesicht seines Vaters noch vor sich...

Als Ryan Black Hawk aus dem Gefängnis kommt, ist er weiter von sich selbst entfernt, als jemals zuvor. In tiefer Trauer verachtet er sich selbst. Sein Traum zerplatzt und an eine Rückkehr auf die Ranch ist nun nicht mehr zu denken. Er wird hart und sarkastisch.

Schließlich folgt er seinem Freund Baxter zum Eagle Creek am Missouri, Pierre, und wird Rennfahrer. Dort zeigt er rücksichtslos sein Können und wird zum Sieger. Doch der Neid der Anderen wächst. Als Ryan in sein erstes Nachtrennen startet, überschlägt er sich mit seinem Mustang. Die Ärzte kämpfen um sein Leben.

Kapitel 5 - Neuer Ärger

… Ryan nahm seine Zigaretten in die Hand und deutete auf das Tor. Baxter nickte, dass er verstanden hatte und tuschelte weiter mit Ling Fu, während Ryan hinaus ging. Dort lehnte er an der Wand der alten Fabrikhalle und zündete sich eine Zigarette an. Die untergehende Sonne warf lange Schatten auf dem Gelände. Vom Eingang her drangen die Stimmen der Leute, die eingelassen wurden, zu seinen Ohren. Dann kamen die ersten Fahrer in die Halle. Baxter und Ling Fu machten sich an die Arbeit.
Steve, der andere Rennfahrer im Team Haywoods, blieb direkt vor Ryan stehen.
„Auf den Trick, von heute Morgen, falle ich nicht nochmal rein", warnte er.
Ryan lächelte kaum merklich, als er an seiner Zigarette zog.
„Heute Nacht wirst du meinen Staub schlucken", raunte er Ryan zu.
Ryan zuckte mit den Schultern. „Wenn es dir gefällt von mir gejagt zu werden", meinte er, trat die Zigarette aus und ging in die Fahrzeughalle. Steve verzog sein Gesicht, als hätte er gerade in eine Zitrone gebissen.
In zehn Minuten sollte das Rennen starten. Von Mike fehlte noch immer jede Spur. Baxter übernahm dessen Job und schickte die Rennautos pünktlich in die Nacht der Prärie. Die Motoren brummten tief und laut, als sie auf dem Asphalt wie Kampfjets starteten, bevor sie im Tiefflug in die staubige Finsternis verschwanden. Ihre in Staub gehüllten Lichter wirkten gespenstisch in der nachtschwarzen Prärie.
Das Lenkrad glitt leicht durch Ryans Hände. Er spielte damit. Er spielte auch mit Steve, seinem größten

Konkurrenten. Der war mutiger geworden und nahm den Hügel nun mit Vollgas. Steves Respekt vor der Spitzkehre allerdings war zu groß, als das er denselben Fehler machen wollte wie der Texaner. Doch Ryan wendete auf der Stelle und fuhr allen davon. Seine Augen begannen zu brennen. Ryan blinzelte. Zeitweise verschwammen die Lichter vor seinem Blickfeld. Er wischte mit dem Handrücken darüber und zwinkerte mehrmals, bis er wieder klar sehen konnte. Mit unverminderter Geschwindigkeit fuhr Ryan durch die von Zuschauern umringte Strecke, die mit alten, aufgetürmten Autoreifen abgesperrt war. Unbarmherzig spürte er seine Müdigkeit. Die Arbeit der letzten Tage forderte ihren Tribut. Ryan hatte zu wenig schlafen können. Er atmete ein paar mal tief durch. Steve hatte aufgeholt. Die Scheinwerfer seines Mustangs flackerten in den Rückspiegeln des roten Mustangs Ryans. An der rechtwinkligen Kurve zur Prärie bremste Ryan ab. Als er durch die Kurve fuhr, schien sich alles um ihn herum zu drehen. Ihm war schwindlig. Mehrmals atmete er tief durch. Wie ferngesteuert trat Ryan das Gaspedal durch. Der Motor brummte auf und der rote Mustang scharrte über den Staubboden. Die Augen brannten schmerzhaft und tränten. Wieder wischte er mehrmals mit dem Handrücken darüber. Es wurde nur noch schlimmer. Blind im Tränenschleier fuhr er den Hügel hinauf. Ryan kannte die Strecke schließlich in- und auswendig. Sein Gefühl täuschte ihn nicht. Steve war dicht hinter ihm. Durch die Unebenheiten der Prärie blieb Ryan schneller. Nach dem Start des Rennens hatte Ryan mit Leichtigkeit mit Steve gespielt. Nun wurde es schwer. Ryan blickte auf seine Hände, die sich am Lenkrad festhielten. Ihm wurde plötzlich speiübel. Im Kopf hämmerte es und die Bilder verschwammen vor

seinen Augen. Er schüttelte den Kopf und konnte für Sekunden wieder klar sehen. Steve war dicht hinter ihm und vor ihm lag die Spitzkehre.
Das war das Letzte, was Ryan erkennen konnte. Die verschwommenen Bilder vor seinen Augen drehten sich im Kreis. Intuitiv griff er nach der Handbremse, aber er war weder fähig klar zu denken, sonst hätte er das nicht getan, noch war er physisch in der Lage das zu meistern. Es geschah das, was kommen musste. Ryans Mustang schleuderte aus der Kurve und überschlug sich mehrmals, bevor er abseits der Piste auf dem Dach liegen blieb. Es wurde still im Dunkel der Nacht.

Haywood war außer sich. Er warf die Bürotür geräuschvoll zu und ging mit eiligen Schritten zum Fahrerlager.
„Mike Ruler!" rief er durch die Halle, so dass es schallte. „Ich muss sofort mit dir sprechen! In deinem Büro!"
Mike, der kurz nach dem Unfall wieder im Fahrerlager aufgetaucht war, folgte Haywoods Anweisung. Während Mike sich auf die Kante des Schreibtisches hockte, lief Haywood im Büro auf und ab, wie ein Tiger im Käfig.
„Was verdammt ist dir denn da eingefallen? Mit kriminellen Sachen will ich hier nichts zu tun haben, Mike!", fauchte Haywood.
„Wovon reden Sie?", fragte Mike überrascht.
„Du solltest dafür sorgen, dass Ryan nicht siegt! Ich habe nicht verlangt, dass du ihn gleich umbringst!"
„Der Unfall? Dafür kann ich nichts. Der wacht schon wieder auf. Der Indsman ist wie eine Katze mit sieben Leben."
„Das will ich hoffen! Sonst rücken uns hier die Bullen auf den Hals. Das bringt den ganzen Rennstall in Verruf!", schnaufte Haywood.

„Steve hat das Rennen gewonnen. Wie stehen die Wetten?", lenkte Mike die Gedanken seines Chefs geschickt um.
„So gut wie lange nicht mehr", murmelte der.
Mike grinste triumphierend.

Ryan Black Hawk bleibt keine andere Wahl, als für sein Leben zu kämpfen. Dabei verliert er alles, was er besitzt. Nicht mal die Kleidung, die er auf der Haut trägt, ist mehr zu gebrauchen. Er verlässt endgültig die *andere Welt* und kehrt auf die Ranch zurück. Chief Red Eagle legt ihm neue Steine in den Weg, während Ryan Hilfe von unerwarteter Seite bekommt.

Ryan wird wieder zu dem, der er ist: ein Lakota. Er bringt seine Nichte Joan und deren Freunde mit alten Traditionen, Geschichten und feinfühligem Umgang mit den Pferden zurück zu ihren Wurzeln.

Als er Shayla Flemmings Leben rettet, verliebt Ryan sich und spürt die lange vermisste Harmonie in seinem Leben wieder. Doch das Rodeo ist noch nicht zu Ende.

Kapitel 2 - Auf Leben und Tod

Etwa zur gleichen Zeit betrat ein großer, schwarzhäutiger Mann das Policedepartment. Er trug einen grauen Anzug. Sein Haar und der Schnauzer zeigten bereits einen silbernen Schimmer. Die Brillengläser funkelten den Officer, der von seiner Arbeit aufsah, an. Der Eingetretene zog wortlos seinen Dienstausweis aus der Innentasche des Jackets und hielt diesen dem Officer vor die Nase. Der stand sofort auf. „Sie wünschen, Sir?"
„Ich möchte mit Mr Black Hawk reden."
„Hawk ist gerade zum Verhör."
„Dann bringen Sie mich bitte genau dahin."
„Major Hanks befahl ausdrücklich nicht, gestört zu werden, Sir."
„Hanks hat hier nichts zu befehlen. Also!"
Der Officer kam hinter dem Schreibtisch hervor.
„Folgen Sie mir bitte, Sir".

Irgendwann ging die Tür auf und jemand betrat den Raum. Die Tür fiel hinter dem Eingetretenen ins Schloss. Ryan blickte kurz auf, bewegte sich aber keinen Zentimeter von Hanks. Der schwarze Mann im grauen Anzug grinste hämisch. Der Anblick des Lakota, der auf Hanks kniete, schien ihn sehr zu amüsieren. „Guten Tag. Mein Name ist Thompson."
„Helfen Sie mir, Thompson! Der Rote will mich umbringen", krächzte Hanks.
„Wenn er das wollte, Hanks, hätte er das längst getan. Ich könnte Mr Black Hawk bitten, Sie aufstehen zu lassen. Sie können es aber auch selber tun." Thompson amüsierte sich sichtlich, nahm sich einen der beiden Stühle und setzte sich. Er schlug die Beine übereinander und zündete sich eine Zigarette an. Ryan rührte sich

nicht.

„Hanks. Ergeben Sie sich endlich. Wie lange wollen Sie noch so liegen bleiben?"

Hanks schnaufte wütend. „Lass mich endlich aufstehen...bitte!", presste er mühevoll seine Worte hervor. Ryan lies ab und erhob sich langsam. Seine Bewegungen wirkten steif. Hanks bewegte sich umständlich am Boden, wie eine Schildkröte, die versuchte, vorwärts zu kommen. Langsam rappelte er sich auf und massierte seine Handgelenke, um das Blut wieder zum Zirkulieren zu bringen. Über Ryans Gesicht huschte ein Lächeln, während Hanks mit unsicheren Schritten zur Tür wankte.

„Ach, Hanks! Hüten Sie sich, je jemandem davon zu erzählen. Ich würde dafür sorgen, dass Sie sich zum Gespött der ganzen Belegschaft machen", warnte Thompson.

„Hm", knurrte der, während er Thompson einen vernichtenden Blick zuwarf. Dann wandte er sich um und ging hinaus. Thompson bat Ryan sich zu setzen. „Reden wir."

„Worüber?"

„Über einen gewissen Mike Ruler zum Beispiel."

„Was wissen Sie von Ruler?", fragte Ryan erstaunt.

„Das Drogendezernat ermittelt schon seit einiger Zeit. Er handelt im großen Stil. Vermutlich gehen auch einige Tote, die man zwischen dem Müll fand, auf sein Konto. Bisher konnte ihm nie etwas nachgewiesen werden. Der Kerl ist glitschig wie ein Aal. Die Streifenpolizisten, die man in Haywoods Rennstall erschossen hatte, haben ihn auf frischer Tat ertappt, denke ich."

„Ruler deponierte den Stoff in den Rennwagen. Haywood hatte keinen blassen Schimmer."

„Wenn du das alles so genau weißt, Ryan, dann warst du

doch auch nicht weit davon weg, oder?", grinste Thompson süffisant.

Ryans Lippen wurden schmal, als er seinen ehemaligen Auftraggeber offen anblickte. Der dumpfe Schmerz in der rechten Gesichtshälfte nahm mit der Schwellung zu.

„In der Nacht war ich Ruler auf der Spur. Ich hatte ihn, als mir die Streifenpolizisten dazwischen kamen", gab Ryan zu. Er wusste, dass er niemandem außer Thompson trauen konnte.

„Hat Ruler sie erschossen?"

„Ja."

„Und dann?"

„Ist er geflüchtet, in seinem Jaguar. Bevor ich mit einem der Mustangs draußen war und hinter ihm her gejagt bin, war er fort."

„Weshalb wolltest du ihn erwischen? Es ist nicht mehr dein Job."

„Er hatte Kokain in meinem Rennwagen versteckt. Vermutlich durch die Lüftung hatte ich den Staub im ganzen Cockpit und während des Rennens inhaliert. Ich wäre fast drauf gegangen."

„Also hast du eine persönliche Rechnung mit ihm zu begleichen."

Ryan schwieg. Thompson wartete geduldig und drückte seine Zigarette aus.

„Vielleicht", sagte Ryan schließlich.

„Ich gehe davon aus, das du ihn uns ausgeliefert hättest."

„Das hatte ich vor. Der Kerl ist es mir nicht wert lebenslänglich in ein Gefängnis zu gehen."

„Nun hat man dich damit erwischt. Du weißt was dich erwartet?"

„Zehn Jahre, das Übliche", antwortete Ryan sporadisch.

„Nehmen wir an, ich glaube dir. Der Hinweis, dass du mit Drogen dealst war anonym. Das könnte Ruler selbst gewesen sein. Er rechnet damit, dich los zu sein, damit du ihm nicht mehr gefährlich werden kannst. Du hast in ein Wespennest gestochen, Ryan", stellte Thompson klar. „Wir haben die Spur verloren und wir konnten ihm bis jetzt nichts nachweisen, um ihn endgültig hinter Schloss und Riegel zu bringen. Der Einzige der das schaffen kann, bist du. Arbeite für mich und du bist frei."
„Okay", nickte Ryan. „Aber arbeiten werde ich nicht wieder für Sie."
„Schade."
„Ein Mann spricht nur einmal", zischte Ryan Thompson an, wobei sich ihre Blicke trafen.
„Oh, Verzeihung. Ich hätte beinahe vergessen, dass du ein Sioux bist."
„Lakota, Teton Oglala."
„Meinetwegen. Aber irgendwie habe ich einen Narren an dir gefressen und die Gerichte sind nicht zimperlich bei Drogen und Indianern." Thompson atmete hörbar tief durch und machte eine kurze Pause. Ryan schwieg.
„Also... ich schlage dir jetzt einen Deal vor. Höre gut zu. Ich sorge dafür, dass du alle deine Sachen bekommst. Hast du genug Geld für eine Kaution? Dann bist du auf freiem Fuß und kannst tun und lassen was du willst. Du wirst mir Ruler liefern, so dass er nie wieder aus dem Knast herauskommt. Aber ich kann dir keine Befugnisse geben und das ist keine Lizenz zum Töten! Du bist völlig auf dich allein gestellt. Schließlich arbeitest du nicht für mich. Deshalb sind mir die Hände gebunden. Wenn Ruler hinter Schloss und Riegel ist, sorge ich persönlich dafür, dass die Anklage gegen dich fallen gelassen wird. Darauf gebe ich dir mein Wort. Das muss genügen. Bist du

einverstanden?"
„Damit ja."
„Gut. In spätestens zwei Stunden bist du draußen."
Ryan nickte.

Zwei Stunden später kam Thompson mit einem Wärter, um Ryan aus der Zelle zu holen. Gemeinsam gingen die drei Männer in das Büro, um die Formalitäten zu klären. Thompson gab Ryan seine Telefonnummer, die er sofort in seinem Handy unter einem Pseudonym speicherte.
„Was heißt Akicita?", fragte Thompson leise.
„Ordnungshüter," grinste Ryan.
Ryan bekam seinen Wagenschlüssel, seine Papiere und die anderen Sachen zurück. Dafür musste er allerhand Papiere unterschreiben, auch die Zahlungsanweisung. Sein Konto war inzwischen auf Liquidität überprüft worden. So gab es keine Schwierigkeiten. Als Ryan den Rucksack packte, starrte Thompson auf die zwei Glock. Dann lächelte er breit. „Du Schlitzohr hast sie also doch noch", raunte er Ryan zu. Ryan schmunzelte nur und ging.
Thompson blickte ihm nach.
An der Ausgangstür traf Ryan mit Hanks zusammen. Dieser sprang erschrocken zur Seite und ließ Ryan den Vortritt. Thompson brach in schallendes Gelächter aus und machte sich ebenfalls auf den Weg. Der Wärter, der Ryan mit Thompson abgeholt hatte, trat neben den Officer an den Schreibtisch.
„Vom Drogendezernat ist der aber nicht... oder?", raunte er ihm zu. Hanks hatte das gehört und knallte seine Papiere wütend auf den Schreibtisch.
„Nein du Hohlkopf! FBI."

Ryan Black Hawk nimmt Shayla Flemming zur Frau, adoptiert ihren dreijährigen Sohn und arbeitet auf der Ranch. Mehr und mehr Kinder, denen er das Reiten und den Umgang mit den Pferden beibringt, finden auf der Black Hawk Ranch ein zweites Zuhause.

Eines Tages muss der Indian Cowboy sich allerdings mit einer Bande jugendlicher Lakota auseinandersetzen, die sich auf den Straßen in der Reservation illegale Autorennen liefern. Und plötzlich taucht Hunting Wolf in Pine Ridge auf. Er sucht Rache und fordert den ehemaligen Headhunter heraus. Ein Kampf auf Leben und Tod steht bevor. Ryans neues Leben scheint zu zerbrechen...

Kapitel 1 - Pferdemann und Sonnengesicht

Eisiger Wind pfiff über den Parkplatz vor dem Regional Airport Rapid City. Dunkle Wolken trieben darüber hinweg. Ab und an schimmerte der Mond durch ihren Schleier. Zwischen den Parkplatzreihen lag noch schmutziger, überfrorener Schnee. Das schwache Licht der Laternen schimmerte durch die Finsternis. Der Parkplatz wirkte verlassen. Nur ein dunkelblauer Dodge RAM rollte langsam vorbei und parkte vor dem Eingang. Der junge Mann, der ausstieg, zog eine fellgefütterte Jeansjacke an, schlug den Kragen hoch und drückte einen schwarzen Cowboyhut auf den Kopf. Dann zog er zwei Krücken hinter dem Fahrersitz hervor, um sich darauf zu stützen. Langsam ging er in das Gebäude. Darin war es angenehm warm. Ryan öffnete seine Jacke. Einige Leute standen beieinander und redeten leise, einige gingen langsam an ihm vorbei. Ryan orientierte sich an der Anzeigetafel. In dreißig Minuten sollte die Maschine aus Miami planmäßig landen. Es blieb noch Zeit für einen Kaffee im Bistro. Alle Plätze waren frei. Er setzte sich auf einen der Barhocker am Tresen. Dort hatte er die Möglichkeit, sein Bein auszustrecken, ohne sich wirklich setzen zu müssen. Die Krücken stellte er an den Tresen und zog seine Jacke aus. Die warf er auf den Hocker neben sich und den Hut darauf. Den bestellten Kaffee bekam er sofort. Er umfasste die Tasse mit beiden Händen. Sie waren kalt geworden. Der Kaffee tat gut. Ryan bewegte vorsichtig das rechte Knie. Der Verband saß fest. Der sollte das Knie nach der Operation stabilisieren. Ryan hatte eine Prothese bekommen müssen. Die Operation war komplikationslos verlaufen und die kleine Wunde fast verheilt. Seine Chancen standen gut. Manchmal schoss blitzartig ein furchtbarer Schmerz hinein. Aber das war alles erträglich. Der Schmerz, der zuweilen in sein Herz stach, war viel schwerer zu ertragen. Ryan starrte in den Kaffee und ging seinen quälenden Gedanken nach. Er war gekommen, weil Shayla ihn darum gebeten hatte. Auch wenn er manches nicht verstand oder vielleicht zu gut verstanden hatte, hatte er nicht gefragt. Nun fragte er sich aber selbst, weshalb sie nicht bei Red Eagle angerufen hatte, um abgeholt zu werden. Ryan atmete tief durch. Er hatte sich vom ersten Augenblick an in Shayla Flemming verliebt. Ryan war sich sicher gewesen, dass auch sie ihn liebte. Doch als sie ihm beim Abflug gestand, das sie bereits jemanden hatte, konnte er seine Enttäuschung darüber nicht verbergen. Jetzt war er hier, um sie mit diesem anderen Mann abzuholen. Ryan hatte zugesagt, als sie ihn fragte. Weshalb? Um sich nun selbst zu martern? Ryan verzog schmerzhaft das Gesicht. Er kämpfte mit sich selbst zwischen Ehrenkodex und Selbstbeherrschung. Er hatte früh gelernt mit Niederlagen fertig zu werden und Schmerzen zu ertragen. Aber in diesem Augenblick fühlte er sich der Situation nicht gewachsen, sondern ausgeliefert. Es war alles andere, als das, was er bisher kannte, abgesehen von Keshias Tod. Mit Macht riss er sich aus diesen Gedanken und trank die Tasse aus.

„Ist alles in Ordnung?", fragte die Bedienung.

„Ja, danke", antwortete Ryan und rang sich ein Lächeln ab.

„Möchten Sie noch Kaffee?"

„Nein, danke. Ich muss mich auf den Weg machen. Die Maschine aus Miami landet gerade und ich bin nicht gut zu Fuß."

Die junge Dame nickte lächelnd. „Auf Wiedersehen."
„Bye", antwortete Ryan, drückte den Hut auf den Kopf und kroch in seine Jacke, um sie nicht tragen zu müssen.
Im Foyer lehnte Ryan sich an einen der Pfosten, direkt gegenüber dem Ausgang, an dem Shayla und Jamie herauskommen mussten. Keinen Gedanken wollte er mehr daran verschwenden, dass sie mit einem Anderen kam. Sein Körper straffte sich. Die Gesichtszüge spannten sich. Augen und Lippen wurden schmal. Damit verbarg er sein Innerstes vor der Außenwelt, der Realität. Ryan beobachtete das Geschehen. Als die ersten Leute aus der Maschine kamen, klopfte sein Herz schneller und stärker. Sein Blick wich nicht mehr vom Ausgang. Reglos blieb er am Pfosten stehen, sodass jeder glauben musste, er schliefe im Stehen. Shayla konnte er nirgendwo entdecken. Die Leute gingen. Die Stimmen wurden leiser. Dann kam niemand mehr. Ryan war gewohnt zu warten, zu beobachten und geduldig zu bleiben. Unwillkürlich atmete er schneller. Es dauerte einige Minuten, bevor er eilige Schritte vernahm. Dann tauchte sie auf. Shayla! Ryans Herz galoppierte plötzlich wie ein Mustang auf der Flucht. Er rang nach Luft. Sie blickte sich suchend um. Ein Kind hing an ihrer Seite. Es hatte ein Plüschpferd im Arm. Ryan löste sich von seinem Platz. Shayla hatte ihn entdeckt. Einen Augenblick zögerte sie. Dann kam sie zu ihm. Ihr langes, offenes Haar war zerzaust. Abwartend blickte sie ihn an. Ihre Blicke trafen sich.
„Ist das Jamie?", fragte Ryan leise. Seine Stimme klang rau, als wollte sie ihm nicht gehorchen.
„Ja, Jamie, mein Sohn", flüsterte Shayla.
Ryan bemerkte, dass ihre Stimme bebte. Auch Shayla wirkte auf den ersten Blick ruhig. Doch ihre Augen begannen unruhig zu flackern.

Jamie schien im Halbschlaf seinen Namen gehört zu haben. Er blinzelte Ryan an, den Mann mit dem Cowboyhut. Dann streckte er seine Arme aus und krabbelte auf dessen Arm. Zufrieden legte der Kleine den Kopf an Ryans Schulter. „Pa, Pferdchen gehn. Schusch Mom", murmelte er und gähnte.
Ryans Gefühle überschlugen sich förmlich. Das erste Mal, seitdem er seine Frau verloren hatte, kämpfte er mit den Tränen. Er wandte sein Gesicht zur Seite und strich dem kleinen Jungen sanft über den Kopf. Als Ryan wieder fähig war zu sprechen, blickte er zu Shayla und lächelte.
„Tja, es sieht wohl so aus, als wäre ich gerade Vater geworden", sagte er.
Shaylas Augen glänzten. Sie schniefte und lachte erleichtert. Dann brauchte sie ein Taschentuch. Das Glücksgefühl hatte beide überwältigt. „Nimmst du uns beide?", fragte Shayla.
„Was denkst du?"
„Müsst ihr Lakota eigentlich immer eine Frage mit einer Gegenfrage beantworten?", zischte sie.
Ryan musste schmunzeln. Er beantwortete ihre Frage mit einem Kuss. „Ja, Shayla", sagte er schließlich leise. „Komm. Hast du nicht mehr Gepäck?"
„Nein. Nur den Rucksack."
„Du wirst erfrieren!", warnte er.
Shayla grinste und zog die fellgefütterte Jeansjacke an, die Ryan ihr geschenkt hatte. „Gib mir den Klammeraffen zurück. Ich trage ihn."
Ryan nickte. Dann nahm er seine Krücken und ging neben Shayla zum Ausgang. Noch immer pfiff der eisige Wind schneidend ins Gesicht. Ryan wickelte Jamie in eine seiner Decken. Lächelnd betrachtete er das kleine Bündel. Der Junge hatte runde, volle Pausbäckchen und

kaute im Schlaf. Das Pferd klemmte fest zwischen seinen Armen. Ryan schlang vorsichtig den Sicherheitsgurt um Jamie und fixierte ihn auf dem Rücksitz. Shayla setzte sich auf den Beifahrersitz und wandte sich zu den beiden um. „Keine Sorge. Wenn Jamie schläft, kann ihn nicht mal ein Erdbeben wecken."

Ryan blickte zu Shayla und lächelte. Dann schob er die Krücken hinter den Fahrersitz, warf Jacke und Hut auf die Rückbank und stieg ein. Shayla schien offensichtlich zu frieren. Ryan grinste und gab Gas. Wenige Minuten später wurde es angenehm warm. Auf offener Prärie zerrte und schob der Wind am Truck. Ryan bemerkte Shaylas Verlegenheit. Sie schien nach Worten zu suchen.

„Weshalb hast du mir nie etwas von Jamie erzählt?", fragte Ryan.

„Ich hatte Angst", flüsterte Shayla.

Ryan wandte den Blick zu ihr. Fragend runzelte er die Stirn. „Wovor, Shayla?"

„Dass du mich nicht mehr wiedersehen willst."

„Das wäre dir allerdings auch um ein Haar gelungen", entgegnete Ryan.

Shayla senkte schuldbewusst den Kopf und zog die Arme noch enger um ihre Knie, als ohnehin schon. Ryan blickte in den Rückspiegel zu Jamie, der fest schlief. Shayla begann zu erzählen. Ryan hörte ihre leise Stimme. Sie erzählte vom Unfall ihrer Eltern und ihrer kleinen Schwester. Ryan schluckte. Er konnte die Schmerzen ihres Verlustes spüren. Shayla schwärmte von Großvater. Auch ihn hatte sie also verloren. Dann redete sie von Brenda und Ron, ihren einzigen Freunden. Ab und an konnte Ryan ihr leises Kichern hören. Shayla gestand, dass ihr Boss sie sofort nach der Rückkehr gefeuert hatte. Dann schwieg sie. Ryan blickte zu ihr. Shayla starrte auf

ihre ineinander verkrampften Finger. Sie atmete schwerer. Zögernd erzählte sie schließlich weiter, von ihrem Entschluß, Florida mit Amely und Jamie für immer zu verlassen. Ihre Stimme bebte. Sie wirkte verunsichert. Ryan hörte aufmerksam zu. Das war viel Stoff zum Nachdenken. Dann war es still im Wagen. Nur das monotone Motorengeräusch und leise Radiomusik drangen zu seinen Ohren. „Sag was. Bitte", wisperte Shayla schließlich.
Ryan nickte. „Du hättest mir sagen sollen, dass Jamie dein Sohn ist. Du hast mich ziemlich vor den Kopf gestoßen, an dem Tag als du abgeflogen bist", antwortete er ohne sie anzusehen.
„Ja. Du hast Recht. Das wollte ich auch, aber mir fehlte der Mut."
„Jetzt hast du ihn."
„Ich habe keine andere Wahl, Ryan. Ich wusste nicht, wie du reagieren würdest. Und ich will nicht mehr allein sein. Jeden Tag habe ich versucht dich zu erreichen, bis vorgestern Lynn an dein Telefon gegangen ist. So habe ich wenigstens erfahren, dass du gar nicht erreichbar sein konntest."
Ryan musste schmunzeln. Dann musterte er Shayla.
„Was heißt eigentlich Tecihi...hila?"
Aus Ryans Schmunzeln wurde ein süffisantes Grinsen.
„Das hast du dir gemerkt?"
„Ja. Was heißt das?!", fauchte Shayla.
„Ich liebe dich."
Genugtuend erkannte Ryan, dass Shayla tiefrot anlief. Sein Herz hämmerte stärker. Er wandte den Blick wieder zur Straße. Dann atmete Ryan tief durch, während er seine Gedanken mühsam zähmte. Das verlangte seiner Selbstbeherrschung alles ab. Er spürte Shaylas Blick

förmlich auf seiner Haut, so als würde sie ihn berühren.
„Ich dich auch. Ich will nicht mehr ohne dich leben. Jeden Tag in Miami hast du mir gefehlt", sagte sie kaum hörbar.
Ryan hatte jedes ihrer Worte verstanden. Sie raubten ihm die Selbstbeherrschung. Wieder atmete er schneller und presste die Lippen aufeinander. Noch immer trieb starker Wind die Wolken am Himmel südostwärts. Ab und an kam der Mond zum Vorschein. Ryan blickte in den Rückspiegel. Jamie atmete ruhig und gleichmäßig im Schlaf. Kurzentschlossen bog Ryan von der Interstate 44 zum Sheep Mountain ab. Der Truck holperte eine Weile über die unbefestigte Straße. Dann bremste Ryan und stellte den Motor aus. Er blickte Shayla tief in die Augen, streckte seine Hand zu ihr und strich eine Haarsträhne aus ihrem Gesicht. So hatte Ryan es in Erinnerung behalten. Shayla wirkte in diesem Augenblick so zerbrechlich. Ihre Haut fühlte sich warm und samtig an, als er langsam mit den Fingern hinter ihrem Ohr zum Hals herab strich. Deutlich spürte er ihr Zittern. Ryan öffnete den Mund, um seinen Atem besser unter Kontrolle zu haben. Jedes Wort, jede Frage erschien ihm jetzt überflüssig. Er zog Shayla zu sich. Seine aufgewühlten Gedanken und Gefühle entluden sich in einem fordernden Kuss. Shayla erwiderte ihn voller Leidenschaft. Ryan wurde schlagartig heiß. Seine Hände fuhren unter Shaylas Rollkragenpullover. Er berührte ihre Haut mit seinen Händen und bemerkte, dass sie zuckte. Sie kicherte, ohne den Kuss zu unterbrechen. „Deine Finger sind so kalt", murmelte sie.
„Jetzt musst du mich auftauen", flüsterte er.
Shayla seufzte. „Ich werde mein Bestes tun", murmelte sie auf seine Lippen.

Ryan Black Hawk landet nach der Schlägerei beim Rodeo im Gefängnis. Während die betrunkenen Weißen am Tag darauf entlassen werden, verhört man Bruce und Joe. Zwei Tage später führt man Ryan in das Verhörzimmer. Doch seit diesem Tag ist er spurlos verschwunden. Baxter und Shayla setzen alles in Bewegung, um Ryan zu finden. Baxter entfacht, mit der Hilfe der Journalistin Dana, einen öffentlichen Sturm durch Presseartikel. Shayla ruft in ihrer Not den Anwalt Theo McAllice, ihren Onkel, zu Hilfe.

Der Indian Cowboy wird gedemütigt, misshandelt und erpresst. Doch Ryan bleibt ungebrochen.

Als er tatsächlich lebend befreit wird und alles unter einem Tuch der Verschwiegenheit verschwindet, kämpft Ryan mit sich selbst und findet nur schwer wieder zurück in sein Leben auf der Ranch.

Schließlich erobern die ersten Touristen die Ranch...

Indian Cowboy - Ungebrochen

Der Jeep fuhr durch eine weite, staubige Landschaft mit äußerst kargem Bewuchs. Staubwüste ringsum, soweit das Auge reichte. Die Sonne brannte auf der Haut. Mitten in dieser Wüste stoppte der Jeep. Zwei Männer sprangen heraus. Einer blieb mit Abstand stehen und richtete ein Gewehr auf Ryan, während der andere Mann ihn von der Ladefläche holte. Er nahm ihm die Handschellen ab. „Im Umkreis von einhundert Meilen wirst du niemanden finden, kein Haus, kein Schatten, kein Wasser. Ungefähr zehn Meilen in dieser Richtung ist deine Unterkunft. Jetzt ist es fünf. Wenn du bis neun nicht zurück bist, werden wir dich suchen, wenn die Geier dich nicht vorher gefunden haben. Viel Glück Mann."
Die Männer stiegen in den Jeep, wendeten und hielten noch einmal vor Ryans Füßen an. „Nimm! Ist besser so."
Der Fahrer drückte Ryan eine Feldflasche voll Wasser in die Hand. Dann verschwand der Jeep und die Staubwolke, die ihm folgte. Ryan sah sich um.
Ratlos ließ er sich, der Sonne abgewandt, auf dem staubigen Boden nieder, verschränkte die Beine und dachte nach. Er dachte an den Tag, an dem ihn sein Vater im Bachlauf fast ertränkt hatte. Er sah Red Eagle und Alter Rabe vor sich, als er das Sonnenopfer brachte, der Tag, an dem seine Entscheidung endgültig war, zur US-Army zu gehen. Der erste Tag, an dem er Baxter Goodman begegnete, wurde ihm gegenwärtig. Der Beginn einer eigenartigen Freundschaft. Alle harten Proben hatte Ryan bestanden, mit seiner Härte gegen sich selbst, um nicht als Versager zu seinem Vater zurückkehren zu müssen. Er hörte die Stimme des

Generals, der ihn persönlich gefeuert hatte, obwohl er wusste, dass man nur einen Sündenbock brauchte, um die eigenen Fehler zu vertuschen. Dann kreuzte Thompson seinen Weg, der die Fähigkeiten Ryans schnell zu schätzen wusste. Ryan hatte hart und gründlich gearbeitet. Sein Wille zu überleben war immer stärker. Schließlich tauchte Keshia in seinen Gedanken auf. Das erste Mal, seit der Zeit in der anderen Welt, war er fähig gewesen, Gefühle zu zeigen. Ryan dachte an die Pläne, die sie geschmiedet hatten und spürte sie noch einmal in seine Arme sinken. Er atmete mehrmals tief durch, um die harten Schläge seines Herzens zu besänftigen. Das Bild verschwamm und Baxter tauchte in seinen Gedanken mit einem kleinen Chinesen auf. Die Zeit als Rennfahrer bei Haywood kreiste durch seinen Kopf. Ryan kämpfte weiter für seinen Traum und kurz vor dem Ziel verlor er beinahe alles. Seine Gedanken führten ihn schließlich nach Hause. Ryan sah die Ranch, seine Familie und seine Freunde. Er hielt die Augen fast geschlossen und bewegte sich nicht. Der Durst begann ihn zu quälen, die Hitze schien unerträglich, obwohl sich die Sonne bereits im Westen neigte. Je mehr Ryan über sein Leben nachdachte, um so mehr war er davon überzeugt, dass er immer wieder diesen Weg gegangen wäre, diese Entscheidungen getroffen hätte. Dann ließ Ryan die Gedanken an Shayla und Jamie zu, sah sie beide am Flughafen, als er sie abholte und dachte an den Rückweg, als er den Truck stoppte. Wieder klopfte sein Herz stärker und schneller. Seine Gedanken folterten ihn schmerzhaft. Die Augen begannen zu brennen. Leise Worte verließen seinen Mund. Der Wind der Staubwüste trug sie fort. „Danke, Wakan Tanka, Großes Geheimnis unserer Schöpfung, für jede Stunde meines Lebens.

Danke, Tunkashila, Großvater, für alles, was du mich gelehrt und mir gegeben hast. Ich bitte dich, gib mir die Kraft, um zu leben und schicke mich nach Hause oder lass mich hier und jetzt sterben. Aber nimm mir nicht den letzten Funken Würde und Stolz. Ich bitte dich, gib ihnen die Kraft zu leben, um den Weg weiter zu gehen, den wir begonnen haben. Omakiya yo! Hilf mir! Omakiya yo!"

Noch immer reglos saß Ryan an seinem Platz und sah nun seinen eigenen Schatten vor sich wachsen. Nach dem Stand der Sonne zu urteilen mochten etwa drei Stunden vergangen sein. Ryan hatte beschlossen hier zu warten, bis sie ihn holten. Nicht einen Schritt wollte er sich durch dieses Land bewegen, nicht zu einem Ziel gehen, das nicht sein Ziel war.

Magazin für Amerikanistik
„Das Buch `Indian Cowboy` hat alle Zutaten für einen ungewöhnlichen, packenden Thriller. Romantik und Gewalt, Liebe und Tod, Triumph und Tragödie liegen eng beieinander. Das macht den Spannungsbogen dieser Geschichte aus."

Alle Bücher sind als Print und E-Book in allen Buchhandlungen und Online erhältlich.

Mich können Sie über meine Autorenhomepage:
www.brita.rose-billert.de
oder Facebook: Brita Rose Billert, Seitenweise Voraus & Instagram erreichen.

Erscheint 2022:

Ein Pferd für alle Fälle

Stella Fröbel ist gerade 24, als sie durch einen Unfall im Rollstuhl landet. Zwischen Verzweiflung und Hoffnung sucht sie einen Weg in ein neues Leben, in dem alles anders bleibt. Sie ist wütend auf den Kerl, der ihr das angetan hat, und will ihn verklagen. Stella sinnt auf Rache. Eines Tages taucht Freddy mit seinem Pferd vor ihr auf.
Stella besiegt ihre Angst und lernt Reiten. Sie gewinnt durch den feinfühligen Umgang mit den Pferden nicht nur neue Freunde, sondern auch neuen Lebensmut und Selbstvertrauen. Doch der Tag, an dem sie dem Unfallverursacher gegenüber sitzt, wirft sie erneut aus der Bahn...

... Der Park schien geradezu überfüllt von Menschen und von einem Maschendrahtzaun umgeben. Ich fühlte mich plötzlich wie im Großstadtgetümmel. Ich war allein unterwegs und ich suchte etwas anderes. Hugo (mein Rollstuhl) schien sich hier ebenfalls nicht wohl zu fühlen. Bereitwillig wendete er mit mir und fuhr in die andere Richtung. Ich grinste und bog rechts ab. Vor mir Feld und Wiese. Rechts der Straße führte ein Waldweg direkt in die Wildnis. Es roch nach Abenteuer. Hugo ratterte über die Unebenheiten. Es holperte ordentlich. „Von wegen, nicht geländegängig. Hugo, du bist echt super."
Hier gefiel es mir wesentlich besser, auch wenn Hugo und ich wieder allein waren. Doch allein unter vielen fremden Menschen zu sein, die uns nicht kannten und

uns ignorierten, war schmerzlicher. Nach einiger Zeit führte der Weg stetig bergan und es war mühsam, vorwärts zu kommen. Ich kämpfte, schwitze und fand es schließlich vernünftiger zu pausieren. Auf einer Lichtung zwischen den Bäumen, entdeckte ich erste Veilchen und Gänseblümchen. Ringsum standen vereinzelt alte, dicke Buchen. Das frische Gras hatte eine magische Anziehungskraft. Ich konnte nicht anders. Hugo brachte mich auf diese märchenhafte Lichtung, holperte quer über die Rasenfläche und blieb stehen. Es war so unbeschreiblich schön hier. Die Sonne schien direkt auf die Lichtung und kitzelte auf meiner Nase. Die Lichterstreifen zwischen den Bäumen bewegten sich wie tanzende Fabelwesen. Langsam ließ ich mich zu Boden gleiten, streckte mich auf meiner Jacke aus und versicherte mich, dass ich Hugos Bremsen richtig arretiert hatte. Ich dachte nicht darüber nach, wie ich allein wieder hinaufkommen sollte oder konnte. Ich schloss einfach die Augen. Genau hier, in diesem Augenblick, stand die Zeit plötzlich still. Die Gedanken, die mich hin und wieder noch quälten, hüllten sich in eine Nebelwolke und flogen auf und davon. Vor meinen geschlossenen Augen bildeten sich Lichtspiralen. Insekten schwirrten, leise summend, umher. Ich konnte sie hören. Ich konnte nicht beschreiben, wie Frühling riecht, aber sein Duft lag klar in der Luft. Das Leben konnte schön sein. Sogar ein Leben mit Hugo. Ich lächelte zufrieden in mich hinein. Ich wusste nicht, wie lange ich hier gelegen hatte, als ich ein eigenartiges Geräusch direkt neben mir hörte. Ein Schnauben ließ mich aufschrecken. Ich öffnete sofort die Augen, um zu sehen, was das war. Ich erschrak noch mehr, als ohnehin schon. Flüchten konnte ich allerdings nicht. Ein großer brauner Kopf befand sich direkt neben

dem meinen! Irgend etwas beschnüffelte mich. Ich zuckte merklich zusammen. Mein Schreckensschrei erstickte im Ansatz. Samtweiche Lippen tasteten meine Wange ab. Ich hielt die Luft an. Dann hörte ich ein amüsiertes Lachen. Eine dunkle Gestalt stand mit dem Rücken zur Sonne, sodass ich nur schwarze Umrisse erkennen konnte.
„Mein Pferd hat sich vor dir erschreckt. Du passt nicht zum Grün des Rasens mit deinem pinkfarbenen Pullover. Der leuchtet wie ein Signal in die Ferne", vernahm ich eine männliche Stimme.
Ich schnippte förmlich auf. Das Etwas war tatsächlich ein Pferdekopf. Auge in Auge blickten wir uns an. Das Pferd schien das nicht zu stören. Ich nahm die Hand über meine Augen, um das blendende Sonnenlicht zu ertragen und verzog das Gesicht. Die Gestalt trat neben mich und legte den Kopf schräg. Immerhin konnte ich den jungen Mann nun erkennen, der mich unverfroren anlächelte. Er trug Jeans, Stiefel, ein kariertes Hemd und eine dunkelrote Steppweste. „Darf ich?", fragte er und wies mit der Hand auf das Stück Rasen neben mir.
„Ja. Ist gerade noch frei", antwortete ich, während ich krampfhaft überlegte, ob ich ihn schon mal irgendwo gesehen hatte.
Wieder vernahm ich das dunkle Lachen, während sich der Fremde neben mir niederließ. „Schönes Wetter heute", begann er.
„Hmhm", murmelte ich gelangweilt. Ich hatte etwas einfallsreicheres erwartet.
„Ich bin Freddy", stellte er sich vor.
„Stella."
„Was für ein schöner Name."
Ich atmete tief durch. Der Typ war aus dem letzten Jahr-

hundert. „Kann ich nichts dafür", antwortete ich sarkastisch. Ich hörte sein dunkles Lachen. Okay, er war nett und hübsch und ich konnte ihn nicht einfach stehen lassen und gehen. Selbst wenn ich wollte. Ich sah mich um. Hugo parkte etwa einen Meter hinter mir gemeinsam mit dem Pferd. Ein eigenartiges Paar. Ich musste grinsen.

„Und? Gefällt es dir hier?", fragte der Freddy.

Ich wandte mich zu ihm und wagte mir, ihn direkt anzusehen. „Nein. Ich bin gerade auf der Flucht und mache eine Pause."

Freddy musterte mich. Ich hoffte inständig, nicht rot zu werden. Eigenartig. Ich hatte tatsächlich das Gefühl, ihm schon mal begegnet zu sein.

„Auf der Flucht scheinst du oft zu sein. Wovor flüchtest du?"

Uhh. Ertappt. Ich brach in Sprachlosigkeit aus und spürte mein Schutzschild bröckeln. Rasch wandte ich meinen Blick von ihm ab. Freddy blieb ebenfalls schweigend neben mir sitzen. Er schien mit mir in eine Richtung zu blicken, irgendwo am fernen Horizont, als würde dort die Antwort stehen. Wir saßen einfach eine ganze Weile nebeneinander und schwiegen gemeinsam. Hinter uns vernahm ich deutlich das Pferd, dass Gras zupfte und mit seinen Zähnen zermalmte. Pferd müsste man sein. Schließlich wurde mir doch kühl. Ich angelte nach meiner Jacke.

„Darf ich dir helfen?", fragte Freddy.

„Das geht schon. Aber wenn du mir helfen willst... ich habe keine Ahnung, wie ich in meinen Rollstuhl kommen soll."

Wortlos erhob sich Freddy und beugte sich zu mir herab.

„Leg deinen Arm um meine Schulter und halte dich fest."

Bevor ich protestieren konnte, fand ich mich auf Freddys Armen wieder. Meine Hand streifte unwillkürlich lange Haare, die über seine Schulter als Zopf gebunden waren. Er trug mich zu Hugo und setze mich vorsichtig ab.
„Danke", sagte ich.
„Gern geschehen. Fährst du weiter?"
„Ja. Es wird kühl."
Freddy stand direkt vor mir und blickte auf mich herab. Es war wie ein Stromstoß, der meinen Körper wie ein Blitzeinschlag durchfuhr. Jetzt wusste ich plötzlich, wo ich diesem Freddy begegnet war. Im Krankenhaus! Ich war bei meinem ersten Ausflug gegen seinen Körper geprallt. Oh mein Gott. Ich fühlte mich peinlich berührt. Der Kerl hingegen grinste mich frech an. „Na, ist es dir wieder eingefallen?"
Ich spürte die Schamesröte in mein Gesicht aufsteigen. Es war nicht zu verhindern. Dann nickte ich. Freddy stieg auf das Pferd und trabte ohne ein weiteres Wort davon. Er sah sich nicht einmal mehr um. Der Mann auf dem Pferd erinnerte mich an einen der Cowboys, die ich im Fernsehen gesehen hatte. Ein Hauch von Abenteuer streifte meine Sinne. Etwas Geheimnisvolles blieb zurück. Die beiden sahen wundervoll aus. Mein Blick folgte ihnen, bis sie hinter den Sträuchern, die den Waldweg säumten, verschwunden waren. Das Bild brannte sich in meinen Kopf ein und begleitete mich zurück in die Kurklinik bis auf mein Zimmer.